激甘CEOと
子育てロマンスはじめました！

水島 忍

Illustration
氷堂れん

gabriella plus

激甘ＣＥＯと子育てロマンスはじめました！

contents

gabriella plus

イラスト／氷堂れん

激甘CEOと子育てロマンスはじめました！

GEKIAMA CEO TO KOSODATE ROMANCE HAJIMEMASHITA!

第一章　出会いは結婚式で

諫山菜月《いさやまなつき》は長い髪をハーフアップにして薄いピンクのパーティードレスに身を包み、幼馴染《おさななじみ》の理佳《りか》の結婚式に出席していた。

都内のラグジュアリーホテルのチャペルで、菜月は式を終えたばかりの新郎新婦に拍手を送り、祝福の言葉をかける。腕を組んでバージンロードを歩く二人には、他の人の声や拍手で聞こえないだろうが、やはり二人の結婚をお祝《いわ》いしたい気持ちから声を出したのだ。

理佳とは家が近くで、母親同士も仲が良かったから、幼稚園から中学の途中までずっと友達だった。子供の頃は身体が弱くて学校を休みがちな菜月と、理佳はいつも親しくしてくれていた。

中学のとき、父の転勤で地方に転校してからは、メールなどでやり取りをしていたが、菜月が大学入学を機に上京してからは、食事をしたり、遊びにいったりすることもあった。彼女は本当に菜月のずっといい友人だったのだ。

その親友と言ってもいいほど仲のいい友人が結婚するのだから、菜月は自分のことのように嬉《うれ》しくてならなかった。

理佳の新郎は有名なＩＴ企業に勤めていて、将来は有望らしい。なかなかのイケメンで羨《うらや》ましくもあったが、菜月は恋人さえいたことがない。結婚はまだまだ。それに、今は二十五歳で、それほど結婚に焦《あせ》る年齢でもないと思う。

恋愛には憧《あこが》れているけど……。

何故だか男性に縁がない。積極的でないせいだろうか。それとも女子高、そして女子大出身のせいなのか。友人の恋愛相談に乗っているうちに、男性に対する不信感みたいなものが植えつけられたせいかもしれない。

いつかは恋愛して、結婚したいとも思うが、今のところ焦っているわけでもない。両親も結婚は縁《えん》だと言ってくれているし、気長にその縁がやってくるのを待っているところだ。

王子様を夢見ているわけではないが、できればイケメンがいい。できれば長身のほうが好ましい。けれども、性格重視だ。優しくしてくれない人とは付き合いたくもない。

そう。わたしのことを愛してくれて、大事にしてくれる人。優しくしてくれて、笑顔が眩《まぶ》しい人。

願っていれば、きっとそのうち叶《かな》うと思っている。合コンに誘われるときもあるが、まだ理想どおりの人とは出会っていない。

でも、いつかはきっと……ね。

理佳は菜月に結婚の報告をしてくれたときに言っていた。

『わたしの結婚式に独身男性が来るはずだから、誰かいい人を見つけたら声をかけてみるといいよ』

確かに新郎の友人、そして新郎新婦の親戚にいい感じの男性はいるようだ。しかし、誰が独身なのかまでは、見た目では判《わか》らない。それに、見た目だけで気に入って声をかけるのも、なんとなく気が引ける。

こんなふうだから、いつまで経《た》っても恋人一人できないのかもしれないが。

菜月は引っ込み思案というわけではないが、やはり自分から男性に声をかけるのは慣《な》れてなかった。

だいたい、この結婚式に出席している若い女性は自分だけではない。みんな綺麗《きれい》に着飾っていて、それを見ていると、自分なんかとも思ってしまう。

容姿はまあまあだが、背が低いし、何より細すぎる。痩《や》せているほうがいいなんて言われるものの、鏡で見る自分の姿は少し貧相《ひんそう》にも見える。豊満な女性の胸なんかを見てしまうと、男性もやはりああいう感じのほうに目が行くのではないかと思うのだ。

菜月はチャペルの外に出た。広くなっているスペースで、これからブーケトスをすると言う。積極的に前へ行く女性達がいるが、菜月は遠慮して後ろへと下がった。

だって、わたしにはまだ恋人もいないし……。

『次に結婚するのはわたし！』などとは思わない。それなら、結婚したがっている人に譲るのは当たり前だと思う。

黙って眺めていると、やがて理佳がブーケを投げた。

えっ……。

ブーケは何故か自分のほうへとやってくる。そのとき、近くにいた女性数人がブーケを目がけて割り込んできて、菜月は慌《あわ》ててそれを避けようとした。

「あっ……！」

足首をひねってしまい、強い痛みが走る。

倒れそうになった菜月だが、後ろにいた人が身体を支えてくれた。

よかった……！

最悪の醜態《しゅうたい》だけは晒《さら》さずに済んだ。こんな大勢の人に、パーティードレスで転んだ姿なんて見られたくない。

「あ、ありがとうございました……」

振り返ってみて、菜月はドキッとする。

菜月を支えてくれたのは、背の高い男性だ。黒いスーツに白いネクタイを締めているのは当然だが、それがとても似合っている。顔立ちは整っているけれど、端整というより、男らしい雰囲気がして、菜月の鼓動《こどう》は速くなってきた。

だって、こんな素敵な人に助けられるなんて……。

女性の一人がブーケを勝ち取って、みんなから拍手をされている。だが、菜月は彼の顔ばかり見つめていた。

彼のほうも心配そうに菜月を見つめている。

「大丈夫だった？　乱暴に押しのけられて……」

「あ、いいんです。別に押しのけられたんじゃなくて、わたしが避けようとして勝手に転びそうになっただけだから。支えてもらえなかったら、きっと転んでました。本当にありがとうございます。もう大丈夫ですから」

いつまでも支えてもらっているわけにはいかないので、菜月は慌てて彼から離れようとした。だが、足首に痛みが走り、顔を歪《ゆが》めた。

「あっ……いたっ」

「どこが痛い？　足首？」

立っているのもつらいが、なんとか笑顔を浮かべる。

「慣れないハイヒールを履《は》いたのが悪かったんです。本当に大丈夫ですから」

そう言ったものの、痛くて動けない。どうしよう。困っていると、彼が小声で囁《ささや》いた。

「無理しないほうがいい。もっとひどくなるかもしれないから」

「でも……」

「ごめん。ちょっと支《ささ》えるよ」

えっと思ったそのとき、彼はすっと菜月の背中を支えるようにウエストに手を回してきた。

驚いたが、彼が菜月の窮状《きゅうじょう》に気づいて、助けてくれようとしていることは判る。

とはいえ、男性にこんなふうに親密に触《ふ》れられることはなかったから、身体も頬《ほお》もカッと熱くなってくる。

「遠慮なく僕に寄りかかって。体重をかけて構《かま》わないから。足を休められるところまで連れていくよ」

「は……はいっ。ありがとうございます！」

初対面の男性に寄りかかるなんて恥ずかしいが、とにかく今は足首が痛いから、他に方法がない。それに、せっかくこうして気遣《きづか》ってくれるのに、意地を張ってはねつけたりしたら、彼のほうが恥をかくことになる。

みんなにじろじろ見られているような気がするけど……。

式場のスタッフの女性がさっと寄ってきて、声をかけてくれた。

「どうかなさったのですか?」

「すみません。足をひねったみたいで」

「それでしたら、こちらへどうぞ」

彼女に案内されて、男性に支えられながら、親族の控室《ひかえしつ》みたいなところに連れていかれた。

花が飾られたテーブルがあり、インスタントのコーヒーや紅茶の用意がされているが、誰もいない。

座り心地のよさそうな椅子があり、それを女性スタッフが座りやすいようにテーブルから少し離れた位置まで引き出してくれる。

菜月は男性にそこに座らせてもらった。

「ありがとうございます。あの……しばらく休んでいれば大丈夫だと思いますから」

女性スタッフは湿布《しっぷ》を持ってくると言って、出ていったから、男性と二人きりになってしまう。意識しすぎだと思いつつも、急にドキドキしてくる。

だって、外見がいいだけでなく、とても優しい人だから……。

新郎の友人というより、年齢的に上司だろうか。菜月より十歳くらい年上に見えた。こんな素敵な人なら、きっともう結婚していることだろう。

彼は菜月の隣《となり》に腰かけた。

えっ、彼はまだここにいてくれるの？

もう少ししたら披露宴《ひろうえん》だと思うが、行かなくてもいいのだろうか。

彼は菜月に話しかけてきた。

「新婦側の親戚？　それとも友人？」

「友人です」

「僕は新郎の従兄弟《いとこ》だ。ついでに、君を押しのけてブーケを取ろうとしたのは、新郎の妹、つまり僕の従姉妹なんだ。だから、親戚として責任を感じている」

そういうことなのか。菜月は納得がいった。見ず知らずの人間にこんなに親切にしてくれるなんて、おかしいと思ったのだ。

「別に突き飛ばされたわけじゃなくて、避けようとしただけだから、そんな責任なんか感じなくてもいいんです。ホント、わたしが慣れないハイヒールなんて履いたのが悪いんですよ」

「日頃、ハイヒールは履かないんだ？」

「背が低いから履いたほうがいいんですけど、わたし、よくあちこちにぶつかったり、何もないところで転びそうになったりするから……。ドジなんです。ハイヒールを履いたら、こんなことになることくらい判っていたのに……わたし、馬鹿ですね」

それでも、せっかく華やかなパーティードレスをレンタルしたので、それに合わせてハイヒールも履きたくなってしまったのだ。どう着飾っても、あまり変わらないというのに。

「おしゃれしたい気持ちは判るよ」

「こんな機会でもなければ、ドレスなんて着る機会はないですもんね。でも、やっぱり背伸びしすぎるのはよくなかったです」

菜月は視線を下げて、自分の足首を見た。気のせいか、腫《は》れているようにも見える。今は痛くないが、じんじんと痺《しび》れている感じがした。披露宴に出るにしても、もうこのハイヒールでは歩けない気がした。

どうしよう……。

なんとか我慢できるかな。

「その靴は脱いだほうがいいな」

彼は立ち上がると、いきなり傍《そば》に跪《ひざまず》いて、菜月の靴を脱がせてくれた。

何か変なことをされたわけでもないが、男性に足を触られたのは初めてで、妙に意識をしてしまう。

馬鹿みたい。彼は親切で靴を脱がせてくれただけなのに。

「やっぱり腫れているみたいだな……。とにかく、この靴を履くのは無理だと思う。ヒールの低い靴を用意してもらおうか？」

「えっ、でも、そんなこと……」

「任せてくれ。なんとかする」

彼は靴のサイズを聞いてきたので、菜月は答えた。彼は何故だかそれを聞いて、クスッと笑う。

「ずいぶん小さいんだな。妖精《ようせい》みたいじゃないか」

「小柄だからですよ」

妖精なんて柄でもない。そもそも妖精みたいというのが、褒《ほ》め言葉かどうかも判らないが。

しかし、彼が妖精のようだと言うと、なんだか褒められているような気がして、頬が熱くなってきた。

こんなに優しくて面倒見のいい男性がいるなんて……。

今まで男性と親しく付き合ったこともない菜月は驚いていた。世の男性がみんなこんな人ばかりではないことは判っている。一応、自分も会社勤めしているからだ。優しそうな人はいるが、見ず知らずの人間にここまで親身になってくれる人はいない。

やがて湿布を持ってきてくれた女性スタッフと入れ替わりに、彼は出ていった。靴を調達してくると言い残して。

女性スタッフは湿布の上から包帯を巻くのを手伝ってくれた。

「さっきの方、とても素敵な方ですね。お知り合いなんですか？」

「いえ……。さっき初めてお会いした方なんですよ。わたしがよろけたときに、たまたま受け止めてくださって……」

「えっ、初対面なんですか？　本当に面倒見のいい方なんですね！」

スタッフも驚き、感心していた。親戚のせいで菜月が怪我《けが》したと思っているにせよ、本当に信じられないくらい面倒見がいい。きっととても真面目な人なのだろう。

湿布は気持ちがいいが、もうハイヒールは履けない。そもそも包帯でぐるぐる巻いてしまったから、入らない。一応、無理やりストッキングを穿《は》き直したものの、どうしたものかと思う。

そもそもあの男性はどこから靴を調達してくるつもりなのだろうか。

女性スタッフにコーヒーを淹《い》れてもらったが、その後は一人きりになり、菜月は不安を抱えて、あの男性を待っていた。

突然、控室のドアがノックされた。

「あ、はい！　どうぞ！」

返事をすると、ドアが開き、あの男性が入ってきた。後ろから申し訳なさそうな顔で女性が入ってくる。

さっきブーケを見事受け取った女性で、恐らく男性の従姉妹なのだろう。

「ごめんなさい。わたしのせいで、あなたが怪我したと聞いて……」

「いいえ！　避けようとして、勝手に転びそうになっただけです。あなたのせいというより、ハイヒールのせいなんです！」

普通なら、華麗に避けたはずが、自分がドジなばかりに人に迷惑をかけている。菜月はそう思っていたから、謝られて恐縮した。

「でも、避けようとしたのは、ブーケ目がけて集まったからですよね？　あの……これ、足に合うといいんですけど」

手にしていた紙袋からヒールの低い靴を取り出した。

「えっ、わざわざ買いにいってくださったんですか？　やだ。わざわざすみません。おいくらでした？」

「お詫《わ》び代わりですから、お気になさらずに」

靴にはもう値札はついていなかった。お詫びと言われると心苦しいのだが、これ以上、固辞していると、彼女も居たたまれないだろう。

菜月はお礼を言って受け取り、それを履いた。幅の広い靴なので、包帯を巻いていても入る。パーティードレスとは合わないが、裸足《はだし》よりは絶対ましだ。

「ちょうどいいです。これなら、なんとか歩けそう……」

菜月は紙袋も受け取って、それにハイヒールを入れた。こんなふうに痛い目に遭った靴を、また履く機会があるかどうか判らないが、いつかまたチャレンジすることもあるかもしれない。

菜月は立ち上がり、痛みの度合いを確かめた。さっきよりはいい気がする。

「これでちゃんと披露宴に出られそうです。本当にありがとうございます！　あ、よろしかったらお名前を伺ってもいいですか？　わたしは新婦の友人で、諫山菜月と言います」

改めてお礼をするために名前を訊《き》いた。名前が判っていれば、理佳を通して何かできると思ったからだ。

「菜月さんというのか……」

男性は微笑《ほほえ》みを浮かべて、名刺をくれた。

「僕は神沢遼司《かみさわりょうじ》」

名刺に目を落とすと、いきなり『代表取締役社長兼ＣＥＯ』の文字が飛び込んできて驚いた。しかも、会社名は新郎の会社である有名ＩＴ企業だった。

「えっ……えっ、ＣＥＯ？」

彼の従姉妹はクスッと笑う。

「ビックリするわよね。この若さでＣＥＯなんて。わたしは新郎の妹の神沢結衣《ゆい》です。じゃあ、そろそろ披露宴が始まるから、一緒に行きましょうか。……本当に大丈夫ですか？」

「はい、大丈夫です」

そう言ったものの、やはり痛みはまだある。そろそろと歩く菜月を、遼司はさっと寄ってきて支えてくれた。

「だ、大丈夫ですからっ」

「いや、無理はよくない。席までちゃんとエスコートするよ」

菜月は困ってしまって、結衣のほうを見るが、彼女はニヤニヤしていた。

「せっかくだから任せるといいですよ。遼ちゃん、こう見えても、今はフリーだから。誰にも気兼ねしなくていいんです」

結衣は菜月より少し年上のようだったが、遼司よりは年下だと思う。だが、従姉妹には『遼ちゃん』と呼ばれているのかと思うと、少し親しみが湧く。

そうか。フリーなのか……。

いや、彼がフリーだからといって、自分にはなんの関係もない。そう思いつつも、菜月は彼のことを意識してしまう。

だって、彼の体温があまりにも近くにあるから。

結衣は不意にはっとしたように続けた。

「あ、それとも、諫山さんのほうがフリーじゃなかった？　ブーケも避けたくらいだから、ひょっとして結婚してるとか……？」

「えっ、まさか！　恋人もいないから、ブーケ取るのは悪いなって思っただけです」

「あ、そうなんですね！　じゃあ、ちょうどよかったね、遼ちゃん！」

何がちょうどよかったのか判らないが、とにかく彼に寄りかかっても、誰にも迷惑はかけないということなのだろうか。

菜月は彼に支えられながら、足を少し引きずり、受付にご祝儀《しゅうぎ》を渡して、披露宴が行われるホールに入る。

彼は本当に菜月の席まで連れていってくれた。

「もし痛みが強くなるようなら、いつでも声をかけてほしい。病院に連れていくから」

「ありがとうございます。でも、もう大丈夫です」

そこまで彼に迷惑をかけるつもりはない。彼は責任を感じているようだが、それはそもそも勘違いなのだ。それに、本当に結衣に原因があったとしても、もう充分に面倒を見てもらっている。これ以上、望むことはなかった。

遼司と結衣は親族の席のほうへと向かった。新婦の友人である菜月とはずいぶん席が離れていて、少し淋《さび》しい気がする。

新婦の友人といっても、幼馴染で招待されているのは菜月だけだからだ。もう一人、菜月の知り合いでもある幼馴染も招待したらしいのだが、彼女は妊婦で出産日が近くて、結局、欠席することになった。

当然ながら、周りは知らない人ばかりで……。

それでも、同じテーブルについた人に挨拶《あいさつ》をして、お祝い気分で談笑する。さすがにラグジュアリーホテルだから、出てくる食事はかなりおいしいものだった。

スピーチや歌、新郎新婦の幼い頃からのムービーが流れ、和やかなムードで披露宴は進んでいく。お色直しやキャンドルサービス、そして花嫁の手紙に花束贈呈が行われた。

いつかわたしもあんなふうにドレスを着て、手紙を読む日が来るのかな……。

ふと菜月の頭に浮かんだのは、花婿の衣装を身につけた遼司の姿だった。はっと我に返って、慌てて打ち消す。

ちょっと親切にしてもらったくらいで、未来の花婿として妄想してしまうなんて……。

そんなこと、あり得ないのに！

彼が有名企業のＣＥＯと知ったから、余計に絶対ないと思うのだ。ただでさえ、あんな格好いい人が、自分なんか相手にするはずがないのに。

彼氏いない歴《れき》イコール年齢なのに、妄想がひどすぎる。

菜月は付き合っている相手もいないのに、自分の結婚式を夢想することを恥ずかしいと思った。

でも、いつかは結婚式の主役として、理佳のような素敵なドレスを着てみたい。そして、たくさんの人に祝福されてみたかった。

あと数年もすれば、わたしにもきっと恋人が見つかるはず……。

菜月はなんとか自分の頭を現実に引き戻そうとするものの、ついふわふわと心が浮き立つのを何故だか抑《おさ》えられなかった。

やがて披露宴は終わった。菜月は引き出物を手にして、そろそろと立ち上がる。まだ痛いが、歩けないというほどではないようだ。出席者がホールから出ていくのを見て、ゆっくりと出入り口の扉へと向かう。

「大丈夫？」

遼司の声が聞こえてきて、はっとする。すぐ隣に彼がいて、驚いてしまう。披露宴が終わったのに、まだ菜月のことを心配して、声までかけてくれるとは思わなかったからだ。

「もう大丈夫ですから、気になさらずに……」

「でも、まだ痛そうだ。よかったら、僕が送っていくから」

「えっ、そこまでお世話になるわけにはいきません」

一瞬だけ、彼が送ってくれたら、まだ一緒にいられると思ったが、やはり彼のせいでもないのに、そんなに世話になるわけにはいかない。

「それに、結衣さんのせいでもありませんし……」

「いや、だが、結衣は気にしているから……」

そんなやり取りをしていると、当の結衣がやってきた。

「ごめんなさい。本当はわたしが送っていってあげたいんだけど、これから用事があって……。よかったら、遼ちゃんに送ってもらって。車で来てるし、もちろんお酒も飲んでないし。それで、わたしの気が済《す》むから。ね？」

そう言われてしまうと、あんまり断るのも悪い気がしてくる。歩けないほどではないものの、やはり痛むから、タクシーで帰ろうと思っていたのだ。一人暮らしをしている身としては、タクシー代も馬鹿にはならない。

「あの……本当にいいんですか？」

「もちろん。嫌《いや》なら断ってる」

彼はにっこりと微笑んだ。

彼の笑顔は素敵すぎて、菜月の頬は熱くなってしまう。こんな格好いい人の車に乗せてもらうことなんて、これから先、あるとは思えない。

一生に一度の思い出かも……。

それなら、図々しいけれど、今回だけ頼ってみたい。

「ありがとうございます。よろしくお願いします」

「じゃあ、行こう」

彼はまた菜月の背中に腕を回してきた。足首が痛む自分を気遣ってくれているだけだと判っているものの、まるで抱き寄せられているようで、やはり照れてしまう。

「もっと寄りかかっていいから。体重をかけても、僕は潰《つぶ》れたりしないし」

確かに、彼のように体格のいい男性が菜月に寄りかかられても困ることはないだろう。しかし、だからといって、そこまで甘えるわけにもいかない。

菜月に合わせて、ゆっくりと歩いてくれる。彼には感謝しかなかった。

出入り口で新郎と新婦が並んで、招待客に挨拶している。理佳は菜月が遼司に庇《かば》われるようにして歩いてきたことに気づいて目を丸くする。もちろん彼女の夫もだ。

「どうかしたの？　遼司さんも……」

驚いて尋《たず》ねてくる彼女に、菜月は照れ笑いを浮かべた。知り合いではなさそうな二人がくっついているのだから、さすがにどうしたのかと不審に思うだろう。

「ちょっと足をひねってしまって……。ご親切に遼司さんが助けてくださったの」

「えっ、大丈夫？」

「大したことないから心配しないで。それより、お二人とも幸せになってね」

「ありがとう！　また連絡するね。でも、一人で帰れる？」

遼司が口を挟んできた。

「僕がちゃんと責任持って送り届けるから」

遼司の従兄弟である新郎はニヤリと笑った。

「菜月さん……だったっけ？　こいつに任せておけば心配はいらないよ。すごく真面目な堅物だから」

真面目そうなのはなんとなく感じていたが、従兄弟に言われるくらいだから、本当にそうなのだろう。とはいえ、堅物というふうには見えなかった。

菜月に描く堅物は、碌《ろく》にデートもしない仕事一筋というイメージだったからだ。彼は女性の扱いに長《た》けているような気がするし、何よりこの整った顔立ちを見れば、女性が放っておくはずがない。

今、彼がフリーだということも信じられないくらいだ。

菜月と遼司はそれからエレベーターに乗り、地下の駐車場へと向かった。そして、彼の車の助手席に乗せてもらう。

菜月に住所を聞くと、遼司はナビに住所を打ち込み、車を動かした。

「飲み過ぎた親戚を送ることもあるかもしれないと思って、車で来たんだが、ちょうどよかったな。僕も酔《よ》っ払いよりは、若い女性を横に乗せたいと思っていたんだ」

彼は菜月を笑わせるようなことを言った。

「飲み過ぎた親戚の方はいなかったんですか？」

「まあ、大丈夫だろう。こうしたホテルでの披露宴では、やはり上品にしなくちゃいけないという意識が働くんだろうな。普通に宴会をやれば、必ず飲み過ぎる人は一人か二人はいるものだが」

「賑《にぎ》やかなご親戚なんですね。わたしの親戚はお酒を飲めない人ばかりで、宴会があまり盛り上がらないんですよ」

「じゃあ、菜月さんは……菜月さんって呼んでもいいかな？　今更だけど」

「もちろんです。わたしも……遼司さんって呼んでもいいですよね？」

理佳もそう呼んでいるようだったし、これからは理佳の苗字《みょうじ》が遼司と同じになるので、下の名前のほうが呼びやすいと思ったのだ。

いや、これからも会う機会があるとは思えないのだが。

それでも、そのほうが自然に思えた。

「いいよ。それで、菜月さんもお酒を飲まない人なのかな？」

「少しは飲みます。でも、お酒に弱いみたいで、すぐに頭の中がふわふわしてくるので、今日は飲んでないです。足元がおろそかになると怖いから」

「菜月さんはそんなに堅実的な考え方をしているのに、今日はトラブルに見舞われて不運だったね」

「そうですね。でも、そういう日だったのかも。運がいい日もあれば、不運な日もある。本当は運がいい日ばかりだったらいいけど、そんなわけにはいかないですもんね」

できれば、不運の日が親友の結婚式でないほうがよかったが、菜月自身が日を選べるわけでもないので、やはり仕方ないと割り切るしかないのだ。

それに……。

今日という日だからこそ、遼司のような人と知り合いになれたのだ。今日だけの短い縁だが、何もないよりましだ。恋人どころか、今は片想《かたおも》いの人すらいない菜月は、これからしばらく今日の出来事を思い出して、少しだけ妄想に浸《ひた》ったりできそうだ。なんだか惨《みじ》めな気もするが、遼司ほど素敵な男性もそうそういない。

あれ？　じゃあ、今日は不運じゃなくて、本当は運のいい日なのかも。

菜月は思わず口元が緩《ゆる》みそうになるのを抑えた。馬鹿みたいに一人でニヤニヤしそうになってしまったからだ。

遼司は容姿だけでなく、性格もいい。おまけに、とても話が上手《うま》い。会話が途切れることなく、進んでいく。

わたし達、初対面なのに……。

できることなら、ずっと彼と一緒にいたい。

菜月はついそんなことを考えてしまった。もっとも、彼と自分が釣《つ》り合わないことも判っている。大企業のＣＥＯと中小企業に勤めるＯＬ。菜月は容姿も普通だ。並み以下ではないと思うが、以上でもない。

彼の傍にいるべきなのは、長身のモデルみたいな女性だ。美しくてスタイルがよくて、それこそハイヒールなんていつも履いていて、自信満々な感じの女性なら彼の傍にいても見劣りはしない。

菜月は自分をダメだとは思っていない。が、それでも、きちんと現実を見ることはできた。

わたしなんか、やっぱり全然合わないから……。

だから、今だけは役得と割り切って、彼との束《つか》の間《ま》のドライブを楽しもうと思った。

「運のいい日もあれば悪い日もある。確かにそうだね。そういうことは、自分の努力ではどうにもならない範囲のことだから、どうしようもないね」

「自分では失敗しないように、精一杯やってるつもりなんですけどね。わたしって、けっこうおっちょこちょいなんです」

菜月はそう言って、ちょっと笑った。彼もそれに合わせて笑い声を上げる。

なんだか雰囲気がよくなって、菜月はほっとする。最初は車の中で、あまり知らない男性と二人きりということで、少し緊張していたのだが、たちまち身体から力が抜ける。

「でも、せっかく綺麗なドレス姿だったのに、ハイヒールが履けなくなってもったいなかったね」

菜月はぽっと顔を赤らめる。単にドレスが綺麗だったというだけで、別に似合っていると言われたわけではない。だが、なんとなく褒められたような気がしたのだ。

「レンタル衣装なんです。ハイヒールはいつか履きたいと思って、買っていたものだけど、やっぱり慣れないものを大事なときに履くものじゃないですね。いつもはわたし、履きやすい靴ばかりなんです。楽なのが一番って。女として怠け者かもしれませんけど」

「いや、判る気がするよ。おしゃれが好きな人はいいけど、そうじゃなければ、女性はいつも大変そうだと思ってる。化粧も身だしなみの内に入るんだろう？」

「そうですね。でも、一人暮らしで、休日には食品や日用品の買い出しに行くんですけど、近所のスーパーならスッピンで行っちゃいます」

彼はまた楽しそうに笑う。

「近所のスーパーならそれでいいんじゃないかな。だけど、自炊《じすい》してるなんて偉《えら》いな。僕も一人暮らしをしているが、面倒くさくて外食ばかりなんだ」

「料理はしないんですか？」

「全然できないわけじゃないけどね……。あまり上手じゃないし、疲れて帰ると、何もしたくない。掃除や洗濯はハウスキーパーに頼んでいるから、料理も頼めばいいのかもしれないけど、一人きりで食べるのも味気ない感じがしてね」

「ああ、判る気がします！　わたしは外食ばかりだと大変だから自炊してるんです。でも、一人暮らし始めた頃なんて、淋しくなって泣きながら食べてたんですよ」

恐らく暮らしのレベルはかなり違うはずだが、一人きりで食べるときの気持ちは同じなのだと思うと、不思議と親近感を覚えてしまう。さっきまでとは違って、彼のことを身近に感じた。

「菜月さんとは気が合うみたいだね」

彼も同じように感じているように思えて、菜月は嬉しくなってくる。

「そうですね。遼司さんはわたしみたいに淋しくて泣いたりしないだろうけど」

「どうかな。案外、膝を抱えて泣いているかもしれないよ？」

「まさか！　遼司さんは何があっても動じないように見えますよ。わたしがよろけたときも、咄嗟《とっさ》に受け止めてくれて、すごく親切にしてくださって……」

彼は照れたように笑った。

「いや、当たり前のことだから」

菜月はやはり彼に好感を抱かずにはいられなかった。外見がいいだけではない。とてもいい人だ。束の間だったとしても、彼とこんな親しげに話ができることが嬉しかった。

「それにしても、足、病院に行かなくて本当に大丈夫かな。念のため、休日診療《しんりょう》しているところに連れていこうか？」

「湿布してもらったし、今は体重をかけなければ痛くないから大丈夫だと思います」

最初はどうなることかと思ったが、ハイヒールでなければなんとか一人で歩けるだろう。明日はヒールのない靴を履いて、仕事にいくことになるだろうが、それは大したことではない。

「じゃあ、後で連絡先を交換しよう。後でまだ痛むようなら、すぐ病院に連れていくから」

「え……でも、そんなに気を遣ってくれなくても……。本当に結衣さんのせいではないし」

彼がそう言ってくれるのは嬉しいが、なんだか甘え過ぎのような気がしてくる。

「そうじゃなくて……」

「え？」

「僕が菜月さんの連絡先を知りたいだけなんだけど」

「えっ？　わ、わたしの？」

思わず菜月は彼の横顔をぽかんと見つめてしまった。

そのとき、車が信号で停《と》まり、彼は菜月のほうに目を向けた。彼は優しそうに微笑んでいた。

「ダメかな？　菜月さんとは話が合うようだし、なんというか……感性が似ているような気がして。また機会があるなら会いたいし」

菜月の頬は燃えるように熱くなった。

どうやら、菜月が一方的に彼のことを意識していたわけではなかったようだ。彼はただ親切にしてくれているだけだと思っていたが、少しくらいは菜月を気に入ってくれたらしい。

信じられないけど……。

でも、連絡先を交換したいと言ってくれたし、また会いたがってくれている。

菜月の心は舞い上がりそうになった。

「あ、あの……よ、よろしくお願いします！」

「こちらこそ」

菜月は少しとんちんかんなことを口走ったような気がしたが、彼のほうは気にせずに爽《さわ》やかに笑ってくれた。

別に彼の恋人になったというわけでも、交際を始めたというわけでもないが、それでもやはり嬉しい。

今日でお別れでなくてよかった……。

またこの人と会えるなんて……。

菜月は自分が足を捻《ひね》ったことも忘れかけていた。


菜月は遼司に自宅のマンションの前まで送ってもらった。

就職したときから住んでいるワンルームのマンションで、かなり古い物件だがリノベーションされているので、外観《がいかん》のわりに中は綺麗だ。ロフトもついているから、ワンルームでも広く使える。

でも、部屋の前までわざわざ送ってくれて、菜月は恐縮してしまった。一人で歩けるから大丈夫だと言ったのだが、彼は心配だったらしい。菜月は彼に支えられるようにして、ゆっくりと部屋の前まで来た。

彼の温《ぬく》もりが離れていくと、なんだか少し淋しい気がする。

「あ、あの、送ってくださってありがとうございました」

社交辞令としてお茶でも誘うべきかと思ったが、やはり今日会ったばかりの男性を部屋に上げるわけにはいかない。彼のことを疑っているわけではなく、菜月がこんなシチュエーションにまったく不慣れで、どう対応していいか判らないからだ。

「また連絡するからね」

「はい……」

「もちろん菜月さんから連絡くれてもいいから」

「はい。本当にありがとうございました」

彼はにっこり笑って、ドアの前で去っていった。

菜月は部屋の中に入り、ドアを閉める。いつもと変わらぬ狭い部屋の中のはずだが、何故だか、今は別の部屋のように見えた。自分の心の中が変わったからだろうか。

足は痛むが、心の中はまさに薔薇《ばら》色だった。

また彼と会える……！

というより、会いたいと言ってもらえたのが嬉しかった。菜月の今までの人生で、男性にそんなふうに言ってもらえたことはなかったからだ。

もちろん、その相手が遼司だということが何より嬉しい。

歩くとまだ足首は痛いが、そんなことより、頭の中は遼司のことばかりだ。まさかあんな素敵な人と出会えるなんて、想像もしていなかった。

もし彼の恋人になれたら……。

そんなことを想像して、一人で赤面する。

今日はとってもいい日だった！

菜月は普段着《ふだんぎ》に着替えながらも、遼司のことでまだ頭がいっぱいだった。


遼司は菜月を送った後、自宅にある高層《こうそう》マンションに帰り着いた。

一人暮らしだが、かなり広くて贅沢《ぜいたく》な部屋だ。ここに越してきたときは、いつか結婚することを考えていたものの、今のところまだこれぞという相手には巡《めぐ》り合っていなかった。

遼司はラフな格好に着替えて、ペニンシュラキッチンでコーヒーを淹れる。カップを持って、リビングに移動して、革張りのソファに腰かけ、今日の結婚式や披露宴のことを思い返した。

今日は酒癖《さけぐせ》の悪い叔父のために車で出かけたが、おかげで感じのいい女性と親しく話すことができて得をした気分だった。

最初に菜月を見たのは、彼女がチャペルに入っていくときだった。たまたま彼女は自分の傍を通ったのだが、ふんわりといい香りがしてドキッとした。長い髪がさらりとなびいていたから、シャンプーの香りだったのかもしれない。きつい香りではなく、優しい柑橘系《かんきつけい》のもので、気がつくと彼女の後ろ姿に見蕩《みと》れていた。

小柄で華奢《きゃしゃ》な体格に、ピンク色のパーティードレスがとても似合っている。遼司もチャペルに入り、彼女の座った位置から、恐らく新婦の友人だろうと見当をつける。ちらりと顔も見たが、優しげな雰囲気で、可愛《かわい》らしかった。

今は付き合っている相手もいないが、モテなかったわけではなく、今まで何人か女性と交際したこともあった。けれども、いつも向こうからアプローチを受けていて、自分から相手に好意を抱いて、誘うことはなかったのだ。

だから、新鮮《しんせん》な体験だった。

話すきっかけが欲しいと思っていたところ、たまたまブーケトスのとき、自分の近くに彼女がいた。

ブーケトスの後、話しかけるつもりだった。しかし、ブーケは何故だかこちらに飛んできて、彼女は避けようとして自分のほうに倒れ込んできた。

しまった。

だから、躊躇《ちゅうちょ》なく彼女を抱き留《と》めた。

あの爽やかな香りと共に、柔《やわ》らかな身体が腕に飛び込んできて、遼司は勝手に運命を感じてしまった。

もちろん、それは遼司の勝手な考えだということは判っている。それに、外見だけよくて、話したら苦手なタイプだったということもあり得る。もちろん、彼女が既婚者だとか、恋人がいる可能性もあった。決まった相手がいる女性に言い寄る気はまったくなかったから、それなら縁がなかっただけだ。

彼女は足首をひねってしまっていたから、成り行きもあって遼司が面倒を見ることになった。彼女をよろけさせることになった原因が自分の親戚ということもあったからだが、彼女ともう少し話したいという気持ちもあった。

菜月は外見どおり感じのいい女性だった。自分と同じで付き合っている相手もおらず、しかも話が合う。もっと話したいという気持ちが大きくなり、連絡先を交換した。勘違いでなければ、彼女も自分のことを気に入ってくれているようだ。

彼女が顔を赤らめるところを思い出して、遼司はふっと微笑んだ。

自分の社会的地位を知ると、態度を変える女性もいる。けれども、彼女はそんなことはなかった。控《ひか》えめだけれど、おとなしいというわけではないようで、二人の間には会話が弾《はず》んだ。

彼女の髪の香りや温もりも思い出す。

もしかしたら僕は理想の女性に出会えたのかもしれない……。

いや、そう思うのは早すぎるだろう。とにかく機会を作って、彼女とはまた会いたい。もっと彼女のことを知りたい。

遼司はそんなふうに思える相手に初めて巡り合ったような気がしていた。


翌日、菜月は遼司からスマホに連絡をもらった。

メッセージのやり取りなら気軽にできる。彼は足首の具合を訊いてきたので、もうそんなに痛くないことを伝えた。普通に会社に行けるくらいには回復しているのだ。

これも、早いうちに湿布を貼ったおかげだろう。菜月はあのとき素早く控室に連れていってくれたことや、靴を調達してくれたこと、家まで送ってくれたことに対してお礼をしたかった。

思い切って、菜月はお礼として食事に誘ってみた。

今まで男性を誘ったこともなかったから、我ながら大胆だと思う。だが、他にお礼の方法なんて思いつかなかった。

彼はお礼なんていらないと固辞してくるので、どうしてもと食い下がると、コーヒーが好きだからそれを奢《おご》ってほしいということだった。

そんなわけで、次の日曜の午後に会うことになった。

初デート……と言っていいのかどうか謎《なぞ》だ。けれども、菜月は前日眠れないくらいドキドキしていた。

どういう理由であろうと、彼とまた会えるだけでも嬉しい。

菜月はお気に入りのワンピースを着て、普段よりはおしゃれをしていく。といっても、遼司くらいの男性なら、いくらでも美人とデートしたことがあるだろうし、菜月がそんな女性達に太刀《たち》打ちできないのは判っていた。

自信があるのは愛想のよさくらいだ。背伸びして気取ったところで、きっと見抜かれてしまうだろうから、おしゃれをしても中身はいつもの自分のままだ。

街に出て、待ち合わせの場所に向かう。菜月は決めた時間の少し前に着いたのだが、遼司はすでに来ていた。

この間はスーツを着ていた彼だが、今日はジャケットを羽織ってはいるものの、綿《めん》シャツにチノパンを身につけていて、こんなラフな格好も似合うのだと思わず見蕩れてしまった。彼はすぐに気がついてくれて、笑顔でこちらに近づいてくる。

「可愛い服だね。すごく似合っているよ」

いきなり褒められて、菜月は照れてしまった。

「ありがとうございます……。遼司さんもすごく似合ってます。普段はこういう服を着られるんですね」

「敬語なんて使わなくていいんだよ。それより、足はどう？　痛くない？」

彼は待ち合わせではなく、菜月のマンションまで迎えにいこうかとまで言ってくれたのだが、お礼のために会うのだから遠慮した。そもそも会社にも行けるくらいだから、ちゃんと歩けるのだ。

「もうすっかり治りました。本当にあのときはお世話になって……」

「もうそれはいいから。今日、僕のお気に入りのカフェでコーヒーを奢ってくれたら、それでチャラだ」

あんまりお礼を言いすぎるのも、彼は困るのかもしれない。菜月は頷《うなず》いた。

「じゃあ、行こう」

遼司はごく自然に菜月の手を握ってきた。ドキッとしたが、もちろん振り払うなんてことはしない。そのまま彼の手の温もりを意識しながら、歩いていく。

彼が菜月を連れていったカフェは、セルフサービスのチェーン店だった。コーヒーが好きだというので、てっきりコーヒー専門店みたいな格式の高いところを想像していたから驚いてしまう。

「え……と、ここのコーヒーが好きなんですか？　もしかして、わたしが奢ると言い張ったから……？」

「僕はよくここに来るよ。それに、落ち着いた店も好きだけど、そういうところで、君よりずいぶん年上の僕が奢ってもらっていたら格好悪いという見栄《みえ》もあってね」

確かに彼の身になってみれば、そうかもしれない。彼のお気に入りの店なら尚更《なおさら》だろう。

「ごめんなさい。そんなこと想像してなくて……。わたし、お礼をしたいって気持ちでいっぱいだったから」

「いや、本当に僕の見栄だから気にしないで」

遼司は自分の見栄だと言う。そんなことをスマートに言えてしまう彼に、ますます好感を抱いてしまう。

同時に、彼に気を遣わせてしまって悪かったとも思う。

ともかく、二人分のコーヒーを買い、席に着く。

形だけかもしれないが、これでお礼を済ませたということになる。自分だけでなく彼も、きっと気が楽になるだろう。菜月としてはもっとお礼をしたいのだが、あまりこだわると、もっと彼に気を遣わせてしまうことになる。

「わたし、遼司さんみたいな社会的地位がある人はチェーン店には入らないなんて、勝手に思ってました」

遼司は明るく笑った。

「そんなイメージがあるかな。そういう人もいるだろうけど、僕はいろんなカフェに行くよ。コーヒーが好きだというわりに、どの豆が好きとかいうこだわりもないんだ。コーヒーを飲む

という行為が好きなのかな」

「ああ、なんだか判る気がします。コーヒーって癒《いや》されますよね。あったかいコーヒーだとなんだかほっとするし、暑いときに飲むアイスコーヒーも違う意味でほっとする。飲むまではいろんな悩みで頭がいっぱいだったとしても、コーヒーを飲むと、身体からすーっと力が抜けてきて……」

「ああ、やっぱり菜月さんと僕は気が合うなあ。僕もまるっきり同じだ。深刻な考え事をしているときはいつの間にか肩に力が入っている。コーヒーを飲むと、その力が抜けてきて、いい考えが浮かぶんだよ」

やはり彼とは感性が似ているのかもしれない。大企業のＣＥＯと自分の感性が似ているなんて不思議なことだが、同じ人間なんだからそういうこともあるだろう。

「なんだか遼司さんのこと、身近に感じてしまいます」

「僕もそうだよ」

遼司は微笑みながら、菜月の目を見つめてくる。菜月は照れながらも微笑みを返した。

「わたし達の間に共通点なんかあまりないのに、おかしいですね」

「共通点？　探せばあるんじゃないかな？　たとえば、この間、同じ結婚式に出席した」

菜月は思わず笑ってしまった。

「そうですね！　でも、育ちは違いそう。わたしは普通の両親から生まれた普通の子だし。頭も容姿も育ちもさしてよくない。大学も仕事もすべてが並みで、とにかく平凡なんです」

　取り立てて悪くもないのだから文句を言うのは間違っているが、秀でたところはなくて、自分でもつまらない人間だと思う。対して遼司はすべてパーフェクトに見える。彼の育ちや学歴などのことは知らないが、なんとなく自信に溢《あふ》れたその態度から、コンプレックスは感じられなかった。

「平凡が悪いわけでもないからね。すごい大学を卒業したり、モデルみたいにスタイルや顔がよくても、恐ろしく我儘《わがまま》だったり、高飛車だったりする人はいる。そんな女性とは、こうしてコーヒーを飲んでいても安らげないだろうな」

　それなら、彼はわたしと一緒にコーヒーを飲んでいて、安らげているの？

　そう言われているような気がして、菜月は思わず遼司の顔を見つめた。

　彼の眼差《まなざ》しはとても優しげで、ドキドキしてくる。

「それに、僕だって生まれたときは、ごく普通の赤ん坊だったと思うよ。育ちも普通だ。父は会社社長だったが、昔はそんなに大きな会社ではなかったしね。学校での成績もそこそこだったと思う。受験は頑張ったけど、そんなことは誰でもやっていることだから」

　彼はあっさりそう言う。が、やはり自分とは違うと思ってしまう。けれども、違いをいくら探してみても仕方ない。やはり共通点を探したほうがずっといい。

「わたしは子供の頃、東京に住んでいたんですけど、身体が弱くて、学校を休みがちでした。

この間、結婚した理佳はその頃からの友人なんです。中学のとき父の転勤で空気の綺麗な地方へ行って、なんだか元気になってきたんですよ。大学でまた上京して、それからずっとこちらに住んでます」

「そうか……。元気になったならよかった。でも、小柄で華奢だから、ご両親も心配だったろうね」

「そうなんですよ！　うちの両親、過保護なんです。まだわたしが小さかった頃の印象が残っているんでしょうね。遼司さんは子供の頃、どんな感じでした？」

菜月が想像する遼司の子供時代は、成績がよくて学級委員なんかやっていて人気者なのではないかと思った。

「ごく普通の子供だったと思うよ。成績も中くらい。ただ、小学校の三年のとき、両親が離婚したんだ。母が姉を連れて出ていったから、そこから少し環境が変わったかな」

「え……そうだったんですか……。余計なこと訊いちゃいましたね。ごめんなさい」

「いや、昔の話だから全然平気だよ。後から聞いたら、母の浮気が原因だったらしいんだ。それから母と姉とはあまり会っていない。僕は父……というより、家政婦に育てられたと言ってもいいくらいだ。とてもいい家政婦さんだったんだよ」

いい家政婦であっても、やはり他人だから、甘えることもできなかったのではないだろうか。菜月はその頃の彼を想像して、胸が締めつけられるような気がした。

「……そんなに悲しそうな顔をしないで」

「え？」

菜月はいつの間にか涙ぐんでいた。慌ててバッグからハンカチを出して、目元を拭《ぬぐ》った。

「遼司さんが子供の頃のことを想像してしまったんです。不躾《ぶしつけ》なこと訊いたわたしが悪いのに、ごめんなさい」

「僕にとってはもう過去のことだから、本当に話しても平気なんだよ。君が子供の頃のことを話してくれたから、僕も正直に話したかったんだが……かえって気を遣わせてしまって悪かった。でも、菜月さんは感受性が豊かなんだな。この話を聞くと、他の人はみんな気まずそうな顔をして、話題を変えてしまうんだが、そんなに同情してくれて涙ぐむ人は初めてだ」

「だって……小学三年って、まだ十歳もなっていないのに。小さな子供には絶対つらい目に遭ってほしくないって思うじゃないですか。遼司さんはもう大人になっているんだから、わたしが涙ぐむのはおかしいですけど」

彼はふっと笑うと、不意に手を伸ばしてきた。前髪の辺りをさっと撫《な》でられて、菜月は驚く。一瞬のことだったが、菜月はドキッとして目を瞠《みは》った。なんだか彼の指が触れた額が熱く感じてくる。

「そんなことを言われたのは初めてだ」

「あ、いいえ、変なこと言っちゃって……」

「嬉しいよ。君が優しい人で」

今度は頬が一気に熱くなる。

「そんなに優しいってわけじゃないです、本当に。人を羨《うらや》んだりするし、嫉妬《しっと》もする。悪口はなるべく言わないようにしているけど、心の中ではつい悪態ついたりしてるし。よく知らないのに批判的なことを思ったり……」

「一生懸命、自分の欠点を口にしなくてもいいよ」

彼は今にも笑い出しそうだった。よく考えれば、自分の欠点を懸命に並べ立てているのはおかしいことだ。

「とにかく、わたしは『優しい人』なんかじゃないって言いたかったんです！」

「うん。自分で優しい人だと申告する人のほうが怪しいからね。君が『優しい人じゃない』と言ってくれるほうがいい」

どうやら、遼司は本当に菜月を『優しい』と思っているらしかった。実際のところ、菜月はそういう面でも『普通』だと思っている。ほどほどに優しい。人に対して冷たくすることはないが、自分が優しい人に分類されることはないだろう。

「遼司さんのほうがずっと優しいです。結婚式のとき、あんなに親切にしてくれたんですから」

「あの親切に下心もちょっとあったんだって言ったら、軽蔑する？」

「えっ……下心？」

「チャペルに入る前に君を見たときから、声をかけてみたいと思っていたんだ。君が僕の腕に転がり込んできて、これが運命的な出会いかもしれないと妄想をたくましくした。もっとも、君が足をひねっていると判ってからは、それどころじゃなかったが」

チャペルに入る前は、菜月は遼司の存在に気づかなかった。まさか自分がそんなふうに思われているなんて想像もしていなかったのだ。

「わ、わたしなんて……。遼司さんとは絶対に釣り合わないって思っていたのに」

思わず本音が口から出てきてしまい、菜月は更に赤面する。これでは、自分のほうも遼司を意識していたと告白したも同然だった。

「よかった。僕だけがまた会いたいと思っていたんじゃなくて」

「でも、やっぱり……わたしなんかがおこがましいですよね。わたしも遼司さんと今日会えるのをすごく楽しみにしていたけど……」

「それで充分だよ。よかったら、これから一緒に映画でも観にいかないか？」

この間のお礼としてコーヒーを奢るのが目的だったが、彼はデートしようと誘ってくれているようだった。

彼はわたしには素敵過ぎる人だ。釣り合わないと思っているのは事実だが、誘われているのにわざわざ断ることはないだろう。

だって……わたしも彼ともっと一緒にいたいから。

「わ、わたしでよければ……ぜひお願いします！」

菜月は深々と頭を下げた。すると、彼は声を上げて笑う。

「だから、敬語を使ったり、頭を下げることはしなくていいんだ。普通にしようよ。デートなんだし」

デート……！

菜月の心は空まで舞い上がりそうになった。

喜びで胸がいっぱいになる。

「わたし、デートなんて初めて」

「え？　まさか。え？　本当に？」

驚いたように訊き返されて、恥ずかしくなってくる。だが、男性との付き合いが豊富だと思われても困る。嘘《うそ》をついても、すぐ判ってしまうに違いない。

「残念ながら本当なんです。二十五歳にもなるのに」

「そうか……。実は、僕も三十四歳にもなるのに、自分から積極的に女性を口説くのは初めてなんだよ」

「意外です！　でも、きっと女性のほうが放っておかないんでしょうね」

「そういうことになるのかな」

彼は少し照れたような仕草をしたが、実際そうに決まっている。自分から動かなくても、女性がいくらでも寄ってきたのだろう。菜月ももし自信があって、経験も豊富なら、自分から積極的になっていたかもしれない。

それくらい、遼司はその容姿だけでも女性を惹《ひ》きつけるものがあった。おまけに社会的地位もあるとなると、女性はいくらでも寄ってくるに違いない。あまり男女のことに詳しくない菜月でさえそう思う。

しかし、菜月はそれ以上に彼の優しさに惹かれていた。単に親切にしてもらったという以上に、会話の端々でこちらを気遣ってくれているのが判る。彼と一緒にいるのが、とても心地よかった。

彼の言うとおり、感性が似ているからかもしれない。

それこそ、年齢も社会的地位も違うのに、こんなに違和感なく話せることがすごいと思った。

「菜月さんはどんな映画が好き？」

「わたしが好きなのは……」

それから二人は映画の話で盛り上がった。映画の趣味に関しても、菜月と遼司の好みは合っているようだ。ひとしきり話した後、二人で映画館へと向かった。

映画は今とても話題になっているもので、主人公が波乱万丈《はらんばんじょう》な冒険をしていくストーリーのものだった。

ヒロインとのロマンスもあり、ラストはハッピーエンド。菜月は隣に座る遼司を意識しつつも、最後には映画に没頭してしまっていた。

エンドロールが流れる中、菜月は感動の溜息《ためいき》をついた。はっと気づくと、菜月は遼司としっかり手を繋《つな》いでいた。

「えっ、あ、すみません。いつの間にか手が……」

彼はクスッと笑った。

「気がついてなかったんだ？　僕が握ったら、握り返されたから、てっきり気がついていると思っていたのに」

「やだ……。そんなつもりじゃなくて……」

「映画に夢中だったから気づかなかった？　そういうところもいいな」

彼は爽やかに笑ってくれた。菜月は自分のすべてを彼が受け入れてくれるような気がして、嬉しくなってくる。どんな失敗をしても、彼はいつもこんなふうに笑ってくれるのかもしれない。

なんだかくすぐったい感じがする……。

こんなふわふわとした気持ちになったのは初めてだった。もちろん菜月も恋をしたことくらいある。ただの片想いで、あのときもそれなりにふわふわしていたが、現実に男性と話をするのとはやはり違う。

胸が熱くなってきて、すっかり夢心地なのだ。

ただ並んで映画を観て、手を繋いだだけなのに、こんなにも幸せを感じるなんて……。

「さあ、そろそろ出ようか」

彼は手を繋いだまま、先に立って歩き始めた。今になって彼の手の温もりを意識する。このままずっと手を繋いでいたい。そんな馬鹿なことを考えたりした。

映画を観た後、二人は夕食を共にした。遼司がよく行くという気取りのないビストロで、菜月にとってはめずらしい料理の数々を堪能する。フランスの田舎といった雰囲気で、温かみを感じる店だった。

だが、菜月はそれ以上に、遼司と一緒に過ごすことが嬉しかった。彼の顔を見て、彼と話をする。それだけで、心が浮き立ってしまう。

初めてのデートだから緊張するかと思ったが、そんなことはなかった。今までよく知っていた人みたいに、とにかく話が合い、気が合う。

遼司は大学を卒業して間もない時期に父を亡くし、父が経営する会社の社長に就任したのだという話をした。当時はあまり業績もよくなく、遼司も経営を学んでいる最中だったので、何人もの人が辞《や》め、危うく倒産しそうになったらしいが、なんとか立て直し、今の大企業まで短期間で成長させたのだ。

そんなエピソードを、彼は自慢ではなく苦労話として食事をしながら語ってくれた。聞いているうちに、彼は何より自分の会社に愛情を持っていて、会社のために働いてくれる社員を大事に思っていることが判った。菜月はますます彼のことが好きになっていく。

ここまで仕事に情熱を捧《ささ》げていることを尊敬する。会社を我が子のように思っているのだから、もし子供が生まれたら、さぞかし子煩悩な父親になることだろう。菜月はそんな未来のことまで想像してしまい、ドキドキしてくる。

離婚した母親ももう亡くなっているそうで、彼の家族はもう姉しかいないが、会うことはないようだ。母方の親戚とも没交渉で、だからこそ、父方の親戚とは密に付き合っているらしい。理佳と結婚した彼の従兄弟や結衣は、もちろん父方の親戚だ。

彼の話から、だんだん彼の人となりが見えてくる。家族との縁が薄いから、親戚、そして社員を大事に思っているのだ。

母と姉が出ていったことを過去のことだと言うが、やはり当時は淋しさに泣いたこともあったのではないだろうか。父親と仲良くやっていても、思春期には喧嘩《けんか》することもあっただろう。父が亡くなり、新社長として重圧を感じたこともあったに違いない。

彼が心を開いて話してくれたから、菜月も彼の若き日の心情に寄り添うことができた。

「不思議だな。君といると、普段なら話さないこともいろいろ喋《しゃべ》ってしまう」

彼は店を出た後、笑いながらそう言った。

「あ、よくそう言われるんですよ。いつの間にか友人の相談係になっていたり。恋愛経験もないのに、恋愛相談されたりします。わたし、アドバイスもできないのに」

「君が親身になって聞いてくれるから話しやすいんだと思う。相談事というのは、必ずしもアドバイスを求めているわけじゃないからね。話をするうちに頭が整理されて、自然と自分で答えが出せるものなんだ」

「そう言われれば……そうですね。愚痴を聞いてくれてありがとうって言われます」

遼司は笑って、菜月の肩にさり気なく腕を回してきた。

ドキッとして身体が急に熱くなってくる。足首をひねったときもこんなふうに身体を支えられていたが、今はそれとは違う。デートしている男女が身体を寄せ合っていることなのだ。

わたし達の関係ってなんだろう。

よく言われる『友達以上、恋人未満』というやつだろうか。

初めてデートして、楽しく過ごしたけれども、まだ恋人とは呼べない。友人というわけでも、もちろんないのだ。

でも、わたし……彼の恋人になりたい。

菜月の胸にそんな想いが込み上げてくる。

彼とは釣り合わないと尻込みする気持ちはまだあったが、それでも彼ともっと会いたいし、話したい。そして、もっと触れ合ってみたい。

彼のことが好き。

心の奥から今はそう思える。彼のことをいろいろ知ったからこそ、本当に好きになったのだ。

彼のほうは……どう思っているのか判らない。どうかまたデートに誘ってくれるように、菜月は願った。

遼司は近くの駐車場に車を停めていた。だから、今日の夕食のときにもアルコールを飲まなかったのだと気がついた。

「君と別れるのは名残惜しいし、少しドライブをしないか？　あまり遅くならないうちに、ちゃんと送るから」

菜月はすぐに賛成した。

彼がまだ自分と別れたくないと思ってくれていたことが嬉しかった。夜景の見える埠頭《ふとう》に連れていってもらい、肩を抱かれながら彼の温もりを感じる。とてもロマンティックで、菜月はこんな経験をしたのも初めてだった。

他にもカップルがちらほらいて、デートとしては定番みたいなものだろうが、菜月はとても新鮮な気持ちになっていた。海からの風は少し冷たく、菜月の髪をなびかせた。彼の手がその髪を優しく撫でてくれる。

「君を初めて見たとき、ほのかに甘い香りがしたんだ」

「え？　もしかしてシャンプーの？」

「そうみたいだ」

彼は香りを堪能するように息を吸い込んだ。結婚式のとき、髪の香りを嗅《か》がれているなんて知らなかった。だが、彼が相手なら嫌な気持ちがしない。それどころか、妙に心が浮き立ってくる。

「とても好きなんだ」

彼の言葉に一瞬ときめいた。

「この香り……」

すぐにシャンプーの香りのことかとガッカリする。同時に、すぐに『好き』という言葉に過剰に反応する自分がおかしくなってくる。

「もちろん君自身も」

「え……？」

「君のことも好きだ」

今度こそ彼に好きだと言ってもらえた。菜月の心は綿毛《わたげ》のようにふわふわと飛んでいく。

「わ、わたしも……遼司さんのこと……好き、です」

しどろもどろになりながらも、なんとか想いを伝える。すると、ほっとしたように、彼が息をついた。

「よかった」

今の彼の気持ちは判る。菜月も同じだからだ。相手も自分のことを想ってくれているのだということが判り、安堵《あんど》したのだ。

街灯があるものの、辺りは薄暗い。遼司は菜月をそっと抱き寄せると、素早く頬にキスをした。

彼の唇の感触を初めて知った。頬が急に熱くなる。

「さあ、帰ろうか」

名残惜しかったが、このままでは彼に本当のキスをしてもらいたくなってくる。頬とはいえ初めてのキスで、急に先に進むのが少し怖かった。けれども、その反面、もっと親密になりたいと思ってしまう。

まだ初めてのデートなのに。

菜月にとって、今日は初めてのことばかりだ。だから、どんなふうに進んでいくのが正しいのか判らない。今まで恋愛相談をいくつもされたが、こんな基本的なことさえ菜月は知らなかった。

二人は車に乗り込んだ。

「次の休みにまた会えるかな？」

「も、もちろんです！」

妙に力強く答えてしまい、菜月は照れ笑いをした。

「すみません。また会えると思ったら嬉しかったんです」

「そうだね。僕も嬉しい。君がそう思ってくれていることも」

彼の言葉はどれも優しい。彼が誰かを傷つけることなんてあるのだろうか。仕事では見せる顔がまた違うかもしれないが、それでも相手を気遣う心は持っている人だ。

彼のような人と知り合えて、わたしは幸運なんだわ。

菜月も恋人として男性と付き合ったことはないが、普通に会社では男性と話をすることはある。こちらが嫌がっているのに、わざと無神経な言葉を投げかけてくる人もいるし、単に気遣いが足りない人もいる。菜月が知るどの男性よりも、遼司は心遣いができる人だ。

車が走り出し、菜月はこの時間がもっと続けばいいと思った。だが、願いは空《むな》しく、すぐに菜月のマンションの前に着いてしまった。

「部屋まで送るよ」

「え？　わざわざ……」

「好きな人に暗い所を一人で歩かせたくないんだ」

マンションに入れば暗くはない。だが、『好きな人』と言われて、すっかり嬉しくなった菜月は、彼に部屋の前まで送ってもらった。

菜月は鍵をあけ、ドアを開いた。灯《あか》りをつけると、一人暮らしのワンルームがすぐに見える。

幸いなことに散らかしてはいない。

「今日はとても楽しかったです。どうもありがとうございました」

彼はクスッと笑った。

「今度会うときは敬語はなしで」

「はい……。頑張ります！」

遼司は微笑むと、菜月の髪にそっと触れた。そして、ゆっくりと肩を引き寄せ、顔を近づけてくる。

唇が重なり、胸がときめいた。

それはほんの一瞬だったが、菜月にとっては夢のような出来事だった。目を開けると、彼が優しい顔で立っている。

「来週まで元気にしていてくれ。おやすみ」

「おやすみなさい……」

彼はドアを閉めてくれ、菜月はそこに立ち尽くした。遠ざかる足音が聞こえてきて、ドアを開けて、彼の後ろ姿を見たい衝動が湧き起こる。できれば、遠ざかる車にでも手を振りたい心境だった。

けれども、そんなにしつこくしたら、彼は嫌かもしれない。

遠くでエレベーターが開いて閉まる音が聞こえてきて、菜月は肩から力を抜いた。靴を脱ぎ、いつも見慣れた自分の部屋に上がる。

いつもの定位置である座布団の上に座り込んで、思わず唇に手を当てる。

わたし……キスしちゃったんだ！

彼の唇の感触はまだ覚えている。忘れることはできないと思う。これからどんなにキスをすることがあったとしても、今さっきの初めてのキスのことは忘れない。

彼はわたしを好きだと言ってくれた……。

また会いたいとも。

キャー！

今更ながら喜びが込み上げてくる。菜月はその辺に置いていたクッションを手に取り、ギュッと抱き締めた。

嬉しくてたまらないから。

菜月は自分が世界で一番の幸せ者だと思っていた。

第二章　愛《いと》しい人と過ごす夜

二度目のデートは観劇《かんげき》で、三度目のデートはクラシックのコンサート。

そして、その帰りに遼司のマンションに誘われた。

彼の一人暮らしのマンションを訪ねるというシチュエーションに、菜月は胸をときめかせた。

まだ唇を合わせるだけのキスしかしたことがないが、二人きりになれば、ちゃんとしたキスをしてもらえるかもしれない。

恋愛経験のない菜月でも、恋人同士のキスは舌を絡《から》めたりするものだと知っている。

それとも、わたし達、恋人同士じゃないの？

好きだと告白し合った仲で、デートもしているものの、なんとなく恋人感が足りない。菜月は彼のことを交際相手と呼ぶのも、なんだかおこがましい気がしていた。

それとも、ちゃんと恋人だと思ってもらえているのだろうか。

不安になりつつも、菜月は遼司の部屋に入り、まず玄関口でギョッとした。三和土《たたき》が大理石と思《おぼ》しきものでできていたからだ。玄関そのものも広い。大げさかもしれないが、菜月の部屋とあまり変わらない広さだ。

菜月は圧倒されながら、リビングに通された。

リビングとダイニング、そしてキッチンは、合わせると数十畳だろう。窓の外にはきらめく夜景が広がっている。高層階ならではの景色だ。

壁には大きな絵がかけられていて、アーバンスタイルなインテリアにも高級感がある。家具はもちろんカーテンやソファのクッション、ラグに至るまで、海外ブランドのものではないだろうか。

「ここに猫か犬を放したら、大変なことになりそう」

そんな感想を洩《も》らしたら、遼司は笑い出した。

「君らしい感想だな」

「だって、どれも高価そうなものだから。汚したり傷つけたりしたら大変だと思うの」

「僕は特に気にしないよ。インテリアコーディネーターに任《まか》せただけで、思い入れがあるわけじゃないから。まあ、ペットは仕事で手が行き届かないだろうから飼わないけど」

もし彼がペットを飼うことになったとしたら、仕事に注《そそ》ぐような愛情をペットにも一心に注ぐと思う。彼は何事も一生懸命で、根はとても真面目なのだ。

「コーヒーを淹れるから、そこに座って」

遼司はイージーリスニングの音楽をかけ、キッチンへと向かう。ペニンシュラキッチンで、菜月は自分の狭いキッチンを思い出して、ふと羨ましくなった。

でも……うちのキッチンも狭いなりの利点があるはず。

たとえば、自分の移動距離は少なくて済む。いくら考えても、それくらいしか利点が思いつけなくて、菜月は落ち込みそうになった。だが、遼司のマンションが異次元クラスにすごいというのは予想していたのだから、そもそもワンルームマンションと比べることが間違っている。

コーヒーの香りがすぐに漂ってくる。菜月はその香りを嗅いで、落ち着きを取り戻した。

遼司がコーヒーを飲むとほっとすると言っていたが、菜月もやはりそうなのだ。ほどなくして、彼が大きなマグカップに注いだコーヒーを持ってきてくれた。

「上品なカップじゃなくてごめん。僕はいつも大きなカップで飲んでいるんだ」

「これはこれで可愛いわ」

菜月はカップについている模様を指でつついた。繊細で上品なカップも好きだが、このカップの丸っこい形が手で包むのにちょうどいい感じがした。熱いコーヒーを両手で包むようにして、少しずつ飲むのが、菜月にとって一番ほっとする飲み方だ。

遼司が隣に腰かけて、菜月はドキッとする。

デートの度に手を繋ぎ、肩を抱かれているのだから、近くにいるからといってそんなに意識しなくてもいいだろう。そう思いつつも、二人きりでいるのだから、やはり少し違うかもしれない。

「いただきます」

ミルクはないそうなので、菜月は砂糖だけ入れて、コーヒーカップを手に取った。丸っこい形に添ってカップを包む。すると、コーヒーの温かさがじんわり掌《てのひら》に伝わってくる。

「そんな持ち方すると可愛いな」

彼はそう言いながら、菜月の髪を撫でた。その仕草にはとても温かみがあって、菜月は安らいだ気分になった。

「丸っこいから掌で包みやすいの」

「そういえば、菜月はいつも両手でカップを持っていたね」

遼司はもう菜月を呼び捨てにしている。菜月のほうは年齢が離れていることもあり、呼び捨てにはしていない。しかし、敬語を使うのだけはやめていた。

とはいえ、菜月は遼司のことを尊敬しているから、敬語で話しても構わないと思っている。彼は外見だけでなく、内面もとても素晴らしい人なのだ。倒産しかけていた会社を立て直し、短期間で成長させている。仕事に情熱を持ち、人を大事にしている。

世の中にはたくさん男性がいるが、遼司のような男性は少ないだろう。だから、彼と出会えてよかった。そして、彼と交際できて本当に幸せだと思う。

いつしか遼司は菜月の肩を抱き寄せ、菜月は彼の肩にもたれかかっていた。髪をいじられて、うっとりしてくる。

あまりにも心地いい。自分のいるべき場所はここだと思うくらいに。

彼のほうはどう思っているか判らないけれど……。

菜月は彼に夢中だった。単なる『好き』よりもずっと強くて深い感情がある。こうして彼と一緒にいるだけで幸せな気分になれるのだ。

彼の顔が近づき、額にキスをされる。それから瞼《まぶた》や頬、顎《あご》にも彼の唇が触れ、菜月の胸はときめいた。唇が重なり、すぐ離される。それを何度か繰り返されたが、やはりこれだけでは物足りない。

ちゃんとしたキスをしてほしいの……。

せめて恋人だという証《あかし》が欲しい。

自分達が恋人同士だという確信が、菜月にはまだ持てなかった。それに、キスに夢見る気持ちがあった。

そう。彼ともっとキスを交《か》わしたい。

もっと確かなものが欲しい。

菜月が目を開けると、彼の唇が再び近づいてくるのが見えた。目を閉じ、唇が重なる瞬間を感じる。

彼はそのまま唇を重ね続けた。そのうち唇に彼の舌が触れてきたことに気づき、ドキッとする。彼に身を任せるように力を抜くと、舌は菜月の唇の中へと侵入してきた。

彼の舌が自分の舌と触れ合っている。これが本当のキスなのだと思うと、やっと恋人になれたような気がした。

彼は優しくそっと舌を絡めてきて、彼と出会うまでデートしたこともなかった菜月を気遣ってくれているのが判る。

やっぱり……彼はわたしが思っていたとおりの人なんだわ。

強引に事を進めたりしない。相手の気持ちを考えてくれる人なのだ。

キスが深くなるにつれ、鼓動が速くなってくる。菜月の気分は高揚《こうよう》していて、ずっとこのまま彼の腕の中にいたいと思った。

菜月は自分の想いを伝えたくて、舌を動かしてみた。彼がはっとしたように身体を動かしたが、その後、菜月をギュッと抱き締めてくる。そして、二人で求め合うみたいに互いの唇を貪《むさぼ》った。

頭の中はふわふわを通り越して、何も考えられないくらいに熱くなっていた。同時に、身体も熱くなっている。

菜月は全身で彼を求めていた。彼も菜月と同じ気持ちでいるようだった。

とにかく彼と触れ合いたい。こうなった以上、身も心も彼のものになりたいと思う。彼の手が菜月の背中を撫でていく。ただ撫でるだけではなく、なんとなく切羽詰まったみたいな性急な撫で方で、菜月の気持ちも同じように高まっていった。

不意に、彼は唇を離した。そして、掠《かす》れた低い声で尋ねてくる。

「……菜月。もし帰りたいなら……」

こんなときにでも、彼は紳士的だった。菜月の気持ちを優先させようとしてくれている。菜月はそれが嬉しかった。

こんなに大切に扱ってくれる人が他にいるだろうか。

他の男性とは付き合ったことはないが、遼司ほど紳士的な人はあまりいない気がする。

「わたし……まだ帰りたくない。このままあなたと……」

菜月が言うべきことはそれだけだった。

遼司は菜月をギュッと抱き締めた。

「……ありがとう」

彼の囁きは菜月の胸に染みとおっていく。それだけで幸せになれたが、彼に抱き上げられて、更に胸が高鳴った。

お姫様抱っこなんてもちろん初めてだった。ドキドキしながらも、最高に気持ちが盛り上がる。菜月は彼の首に自分の腕を絡めた。

彼の行く先は寝室だった。

初めて入る寝室には大きなベッドがあり、菜月はその上にそっと下ろされた。彼はベッドの傍にあるシェードランプの明かりだけをつける。ほの暗い灯りが二人を照らした。

初めての経験だ。ベッドまで来たのだが、これから自分はどうすればいいのだろう。菜月は少し不安になって、彼を見上げた。

彼はジャケットを脱ぐと、ゆっくりと覆《おお》いかぶさってきて、菜月の前髪を撫で上げた。露《あら》わになった額に、そっと唇を押し当てる。まるで安心していいと言っているかのようなキスで、緊張していた菜月の身体からたちまち力が抜けていく。

わたしはただ彼に身を任《まか》せていればいいんだ……。

これから何をするのか、まったく知識がないわけではない。しかし、具体的にはどういう手順で行うかを知らないのだから。

彼は菜月の顔のあちこちに唇を押し当て、最後に唇へとキスをしてきた。

さっき覚えたばかりの本当の口づけだ。

唇を少し開いて、彼の舌を迎え入れる。二人の舌が絡まり合っていく。同時に、彼の身体の温もりと重みを感じて、菜月の胸の奥は熱くなった。

何度かキスをしたが、こんなにも彼と身体を密着させたことはない。菜月はそれが嬉しくてたまらなかった。

わたし……ずっとこれを求めていたのかもしれない。

胸は高鳴り、指先まで熱くなってくる。キスを交わす度に、菜月は自分が遼司のものになっていく気がした。

彼は顔を上げ、菜月と目を合わせる。菜月はぼうっとしながら、彼の眼差しを見つめ返した。

「デート三回目で……君は経験もないみたいだし、もっと待ちたかった。ごめん。自制心には自信があったのに」

つまり、紳士的に振る舞うつもりだったが、自分をコントロールできなかったと言いたいのだろう。彼がそれほどまでに自分を求めていると思うことが、菜月を更に高揚させてしまう。

「いいの……。もっと……して」

菜月は微笑んで、ゆっくりと目を閉じた。キスを待ち侘《わ》びる菜月に応えるように、彼はまた唇を重ねた。

何度キスしても足りない。好きな人にキスされるのは、こんなにも気持ちいいことだったのだ。

菜月は彼のキスにただうっとりとしていた。

求められる幸せというものを全身で感じている。

やがて彼の手は薄いブラウスの上から胸に触れてきた。もちろん嫌なわけはない。彼にそんなふうに触れられるのを想像したことがあるが、単なる想像よりずっと気持ちが高まった。

もっと……もっと触れ合いたい。

菜月はブラウスのボタンが外されていくのが判った。もうキスをされていないことに気づいて、そっと目を開ける。

ちょうどそのとき、彼は菜月のブラウスを左右に開いて、胸のふくらみに唇を押し当てた。はっとして、身体が揺れる。思わず息を吸い込むと、ブラジャーに包まれた胸が大きく上下した。彼の唇が押し当てられたところが、妙に熱くなった気がする。

遼司は唇をそのまま這《は》わせていき、ブラの隙間から指を忍び込ませてきた。

「あ……っ」

乳首に指が当たり、ドキッとする。

なんだか……気持ちいい。

彼は菜月の反応を見透かしたかのように、指の腹で乳首をくるくると回すように撫でた。小さな快感が身体を走る。何故だか撫でられているところだけではなく、身体の内部にまで快感が到達したようだった。

初めての体験に、菜月は戸惑っていた。

好きな男性に触れられたら、こんなふうになっちゃうの？

もちろん男女の行為に快感があることは知っている。けれども、その快感がどんなときにどんなふうに感じるのかについては知らなかった。

彼は菜月の火照《ほて》った顔を見つめて、クスッと笑った。

「可愛いな……」

「え……？」

「感じてるって顔をしてる。頬が赤く染まって、瞳が潤《うる》んでいる。君にこんな顔をさせているんだと思うと、喜びが込み上げてくる」

そういうものなのだろうか。よく判らないが、菜月が感じていることに遼司は気づいているし、それが嬉しいみたいだった。

感じているところを隠さなくてもいいということなのかもしれない。

可愛いって……言ってくれた！

たまにそう言われるものの、言われる度に菜月は照れていた。ごく普通の容姿だからお世辞のように感じていたからだ。しかし、今の菜月は彼の言葉をそのまま受け止めたいと思った。

快感に夢中になっているときに、可愛いと言われたから。

恥ずかしいけれど、きっと彼の目にはそう見えているのだろう。

それは愛情というフィルターがあるせいだと思うのだ。

愛だなんて……。

その言葉はとても重い。彼にも菜月にも気軽に口にできる言葉ではなかったが、それでも今、菜月は彼に愛情、もしくはそれに似たものをもらっているような気がしていた。

彼の眼差しが慈《いつく》しむように優しい。

こんな目で見つめられるなんて……。

菜月は幸福感に包まれた。

わたしも彼を愛してる。

まだはっきりと彼に告げる勇気はなかったが、それでも心の中はすでに決まっていた。この恋の行方はどこに辿《たど》り着《つ》くのか判らない。最大のハッピーエンドは結婚だが、デートも三度目で、そこまで未来は見えない。

それでも、菜月は彼の傍にずっといたいと思った。

たとえ、どんな結果になってもいいから。

菜月はもっと先に進みたかった。それは遼司のほうも同じだったのだろう。ゆっくりとブラウスを脱がせて、胸を包んでいたブラを取り去る。

上半身を裸にされて、それを見つめられていた。

恥ずかしいけれど、彼に見られるのならいい。菜月はまた大きく呼吸をした。それにつれて胸が大きく上下する。ピンク色の乳首はピンと勃《た》っていて、彼の愛撫《あいぶ》を欲しがっているようだった。

「すごく……綺麗だ……菜月」

遼司は恭しく両手で乳房に触れてきた。乳房全体を包まれて、彼の手の温もりを感じる。彼の手がそっと揉《も》むように動くと、柔らかい胸が形を変えた。

乳首を指で撫でられると、さっきよりもずっと感じてしまう。きっと菜月自身が興奮しているせいかもしれない。弄《いじ》られている部分だけでなく、身体の芯が甘く蕩《とろ》けてくるような感じがしてくる。

「ぁっ……ん……」

自分の口からこんな色っぽい声が出てくるとは思わなかった。思わず口元を押さえたけれど、やはり声が勝手に出てくる。

だって……気持ちいいから。

もちろん触れている相手が遼司だからだ。彼に触れられていると思うだけで、敏感になってしまっているみたいだった。

「その声もイイよ。もっと聞かせて」

「でも……あ……あんっ……」

彼に声を聞きたいと言われると、なんだかくすぐったい気分になってくる。我慢しなくてもいいのだろうか。これほど感じていると彼に知られて、菜月は恥ずかしさを感じた。

遼司は指で愛撫しながら、胸のふくらみにキスをしてきた。

菜月ははっと息を呑《の》む。

乳房に印をつけるように、彼の唇が場所を変えて何度も柔らかく押しつけられた。身体がゾクゾクしてくる。それが快感だということはもう判っている。

菜月は目を閉じ、肌の感覚だけに意識を集中させた。

彼の愛撫をもっと感じたい。

そんなふうに思ってしまう。

やがて彼は乳首にもキスをしてきた。菜月もそうされることを望んでいたのだと思う。敏感な乳首が彼の温かな唇に包まれて、舌で転がすように愛撫される。

「あぁん……っ……あっ」

菜月はそこがこんなに感じるとは思わなかった。指での愛撫よりずっと感じている。我慢できずに、つい身体を震《ふる》わせてしまった。

自分がこんなに快感に弱いとは知らなかった。というより、こんなに感じるとも思わなかったのだ。何もかも初めてで、菜月は自分がこれからどうなっていくのか、少し怖くなってきた。

行為自体にはドキドキするような期待感がある。痛いと聞くが、それよりも彼に抱かれることが嬉しい。

大好きな人だから……。

本当の恋人になりたいという気持ちもある。

けれども、その行為によって、自分が今よりもっと乱れるかもしれないと思うと、それが恐ろしくもある。

今までとは違うわたしになってしまいそうで……。

知らない自分になってしまうことが怖い。

だって、愛撫は始まったばかりなのに、身体が蕩けてきているからだ。これ以上のことをされたら、もっと声を出して、もっと身体を震わせることになるかもしれない。

そんなに感じてしまって、彼に嫌われたらどうしよう。はしたない女だと思われたくない。けれども、彼は反応が返ってくるのを楽しんでいるようなことも言っていた。

わたし……どうすればいいの？

そんなことを考えているうちに、彼の愛撫は胸より下へと移動していく。乱れたスカートの裾《すそ》から手を差し入れられて、ドキッとした。

「えっ……ぁん……っ」

ストッキングに包まれた脚を撫で上げられると、腰が揺れる。気持ちがいいけど、普段なら絶対触られない部分だから、羞恥心が湧《わ》き起こってきた。

上半身は裸だし、胸にキスされたのに今更だとは思う。しかし、下半身を撫でられると、胸を弄られるよりずっと意識してしまう。

彼の温かい手が腰まで這《は》い上がってきて、ストッキングの穿き口にかかった。

「そ、そんなっ……」

彼はそのままストッキングをするすると下ろしていく。

もちろん、これからすることに服は必要ないとは判っている。それでも、ストッキングを脱がされてしまうと、頼りない気分になってきた。

彼は足首からストッキングを引き抜き、更にスカートまで下ろした。

菜月はもう小さなショーツしか身につけていない。レースがついた可愛らしい下着だが、ほぼ裸のようなもので、彼にじっくりと見つめられて、全身から火を噴《ふ》きそうなくらいに恥ずかしかった。

「そんなに……見ないで」

「どうして？　とても綺麗なのに。見蕩れてしまうよ」

「見蕩れて……？　わたし……そんなに自信はないのに」

華奢な体格なので貧弱に見えないか、心配だった。胸はそれなりにあるものの、腰は細かった。

「僕は好きだ。……見るのは僕だけなんだろう？」

「もちろんよ……」

他の人になんか見せない。彼にだけなら見られてもいいと思っている。

それなら、彼が綺麗だと褒めてくれるのだから、何も問題はないのかもしれない。

彼は菜月の腰から太腿《ふともも》にかけて撫でていく。そして、しっかりと閉じていた太腿の間に手を差し入れてくる。

「やっ……！」

脚を開きたくない。というより、脚を閉じることで、無意識に大事な部分を守っていたのだ。

しかし、彼は容赦《ようしゃ》なくその秘密の箇所にも触れてきた。

「あぁ……あん……ぁ……」

下着の上からだが、指で擦《す》られて、身体がビクビク震える。

「可愛いな……」

彼は菜月の太腿にキスをしてきた。

「はぁ……ぁ……あん……」

温かい唇が太腿を這っていく。菜月はギュッと目を閉じて、身体に力を入れる。やはり感じていることをあからさまにしたくなかった。

特に声を出すのは恥ずかしいから……。

口もなるべく閉じていようとするが、下着の上から秘部を撫でられると、もう我慢できなくなってくる。

「ダメ……」

「どうして？」

「だって……恥ずかしい」

本音を告げると、彼はふっと笑った。

「やっぱり君は可愛いな。そういうところが……たまらないよ」

彼の指が触れている部分が熱くてたまらない。身体の奥まで感じていて、秘部はかなり湿《しめ》ってきた。

「すごく感じているみたいだね……。下着、濡《ぬ》れてしまうかもしれない」

彼はそう言いながら、とうとう下着に手をかけ、下ろし始めた。

ああ、どうしよう……！

丸まった下着が足首から引き抜かれる。菜月は目を閉じていたものの、彼の視線が注がれていることを感じた。

ドキドキしていて、思わず胸の前で両手をぐっと握りしめる。

「力を抜いて。緊張しないでいいんだ」

「で、でも……」

「怖い？　僕がひどいことをするように見える？」

菜月は目を開け、おずおずと彼を見つめた。彼は髪が乱れて、ラフな雰囲気だった。いつの間にかシャツもボタンをいくつか外していて、余計にそういう印象になり、彼にもワイルドな面が少しあるように見えた。

それでも、彼の瞳はまっすぐに菜月の顔を見つめ返している。その目には真面目さや優しさが溢れているように見えて、菜月はゆっくりと首を横に振った。

「あなたは……ひどいことをするような人じゃない……」

彼はふっと微笑んだ。

「じゃあ……信じてくれるね？」

菜月はこくんと頷いた。

初めてのことに対して緊張があった。ひょっとしたら恐れもあったのかもしれない。だから、身体がガチガチになっていたのだ。

「でも……恥ずかしいの」

「恥ずかしがらなくてもいいんだ。君はこんなに綺麗なんだから」

彼は太腿をそっと撫でて、同じところにキスをした。少し長めに唇をつけ、それを繰り返す。そして、内腿へと手を滑り込ませていった。

「あ……ぁっ……」

「大丈夫」

彼の穏やかな声に励まされて、菜月は脚から力を抜いた。ドキドキするけれど、恥ずかしいだけで嫌なわけではないのだ。

そう。遼司さんは誰よりも好きな人だから。

両脚は左右に開かれてしまい、菜月はまた目を閉じる。胸の高鳴りが抑えられなくて、どうしようもなかった。とても見ていられない。

秘部にそっと指が触れた。彼は菜月を宥《なだ》めるように、ゆっくりと慎重に指を動かしていく。

たったそれだけなのに、菜月の身体は熱く蕩けていった。甘い快感が込み上げてくるが、指で弄られた部分が痺れたようになっていて、なんだかよく判らない。

気持ちいいけれど、感じすぎて感覚がおかしくなっているみたいだ。

秘部から蜜《みつ》が溢れ出してきたようで、彼が指を動かす度に濡れた音がする。もう恥ずかしいというより、いっそ自分がこれほどまでに感じているということを、彼にもっと知ってもらいたいような気分になっていた。

こんなふうに思うわたしって……変？

変でもいい。もう快感の虜《とりこ》になったように、他のことが考えられなくなってくる。彼の指が敏感な芯に触れると、ビクンと大きく身体が震えて、それが耐えられないほど大きな快感へと繋がっていた。

もっと……もっとして。

菜月は声に出さずに、そんなふうに願った。

初めて知った快感だから、そう思ってしまうのだろうか。乱れる自分を見られたくなかったはずなのに、今はどうでもいい。

快感を貪りながら、菜月は腰を揺らした。

彼は突然、指で撫でるのをやめた。もう終わりなのだろうかと思ったそのとき、菜月は秘部に熱い吐息を感じた。

「えっ……あぁっ……！」

驚いて目を開けた菜月の目に飛び込んできたのは、両脚の間に顔を伏せた遼司の姿だった。

「やだ……やぁっ……んんっ！」

やめてほしいと思ったのは一瞬だった。柔らかい舌が秘部に触れて、もう何も言えなくなってしまう。

指で弄られたときよりずっと気持ちいい。羞恥心がどこかに消えたように、菜月はただ快感にのめり込んでいく。頭の隅《すみ》ではダメだと思っているのに、もうそれを口にできない。

菜月は自分の喘《あえ》ぎを止めることもできなかった。

どうしよう……。

快感が強すぎて、身体が熱く燃えているようだった。頭の中まで熱くなっている。

「も……もう……あっ……」

彼は顔を上げ、また指で秘部を撫でた。が、何か違和感がある。その違和感の正体に気づいて、菜月は驚いた。

「指が……中に……」

秘裂の内部に指先が入っている。蜜に塗《まみ》れたそこはスムーズに彼の指を受け止めたようだ。痛みは少しあるが、それよりも、自分の内部に彼の一部が入っているという事実に、菜月は不思議な気持ちになった。

彼に抱かれたいと思う気持ちは、さっきより強くなってくる。

もっとちゃんとした形で、彼と繋がりたい。

菜月は強烈にそう思った。

指が徐々に内部に入っていき、根元まで全部入ってしまった。彼はその指をゆっくりと刺激するように動かした。それだけじゃなく、一緒にまた敏感な芯にも舌を這わせてきた。

「あっ……んっ……あん……」

身体の内と外が同時に刺激されている。菜月は快感の強さに、思わず頭を左右に振った。嫌なわけではなく、快感が強すぎて耐えられないからだ。

長い髪はきっと乱れているだろう。髪だけでなく、顔だって快感に歪んでいるはずだ。

でも……彼はこんなわたしもきっと受け入れてくれる。

そう思うのは、彼をもう心から信頼しているからだ。信じているから、どんな自分も嫌ったりしないだろうと思うのだ。

身体の芯が熱い。一旦、火がついた身体はもう止められなかった。熱が全身に広がり、やがて頭の天辺《てっぺん》まで一気に突き抜けていく。

「あぁっ……ぁあっ！」

鋭い快感に昇りつめた菜月は、今度は穏やかな余韻に浸ることになる。鼓動は速くなり、息も弾んでいるが、後悔などなかった。

あまりにも気持ちがよくて……。

遼司は顔を上げ、指を引き抜いた。

そして、自分が身につけていた衣服をすべて取り去った。もちろん下着もだ。

彼の裸を初めて見た。適度な筋肉に覆われた、とても引き締まった身体で、菜月は思わず見蕩れてしまった。

彼は菜月の身体を綺麗だと褒めてくれたが、彼の身体もまた称賛に値する身体だと思った。

外見だけに惹かれたわけではない。けれども、外見も素晴らしいのだ。菜月はうっとりするしかなかった。

遼司は避妊具《ひにんぐ》をつけて、菜月を抱き締めてきた。

お互い裸だから、滑《なめ》らかな肌が擦れ合う。彼の体温を直接感じて、菜月の胸はキュンとなった。

わたし……こうなるために生まれてきたのかもしれない。

そんなふうに思うほど、菜月は運命を感じていた。

彼がそう思ってくれているかどうか判らないが、こうして肌を密着させていれば、菜月の想いが伝わるように思えてくる。

「菜月……優しくするからね」

「うん……」

菜月は彼を信頼していた。

彼の背中をそっと撫でると、唇が重ねられる。菜月はこれ以上ないほどの幸せを感じた。早く身体を重ねて、彼とひとつになりたい。それから、もっと幸せになりたいと思った。

唇が離れると、遼司は慎重に菜月の中へと入ってきた。

痛みはある。しかし、それより身体をひとつにすることしか、菜月の頭にはなかった。彼に抱かれることで、身も心も彼に自分を委《ゆだ》ねたかった。

最後にぐっと中に入ってきて、とうとう二人は身体を重ねた。

ああ、やっと……。

わたし達、ひとつになれた！

喜びが胸に溢れてくる。

菜月は彼の顔を見た。彼もまた喜びに満《み》ち溢れているようだった。

「遼司さん……」

「菜月の中……イイよ」

「気持ちいいの？」

「ああ……」

それがどういう快感なのは、菜月には判らないが、彼が気持ちいいのならよかった。

菜月自身はまだ痛みのショックから抜け出してなかった。しかし、彼がゆっくりと腰を動かし始めると、他の感覚が目覚めたようだった。

最初はよく判らなかったけれど、彼が奥まで突き入れると、じわじわと快感が甦《よみがえ》ってくる。

「あぁ……ん……ぁん……っ」

菜月の甘い声がまた洩れ始めた。

彼の股間のものが奥に当たる度に、甘い快感が身体中に広がっていく。さっきの快感とはまた違う。違うけれど同じでもある。

菜月は彼の身体にすがりついた。彼もまた菜月を抱き締めてくる。

裸の身体が擦れ合う。二人は感覚も共有しているみたいに思えた。

彼の動きが次第に速くなってきた。菜月は彼の首に腕を絡めて、ギュッとしがみつく。ぐっと腰を押しつけられたとき、再び菜月の全身を鋭い快感が貫《つらぬ》いた。

「あぁぁん……っ！」

身体を震わせて、菜月はそのまま動けなくなっていた。

遼司も同じように昇りつめたのか、菜月を抱き締めたまま動かなくなる。体温と速い鼓動、荒い呼吸が相手に伝わっているに違いない。

わたし達……こんなに近くにいるなんて……。

身体はふたつなのに、何もかも繋がっている気がする。

心が喜びを感じていた。本当に幸せで、菜月は他には何もいらなかった。すべての望みが叶った気分だったのだ。

けれども、いつかは身体を離さなくてはならない。彼が離れると、菜月は急に心細くなってくる。身体は満足しているのに、なんとなく淋しい。

そんなふうに思っていると、遼司は菜月のすぐ傍《かたわ》らに寝転んだ。そして、すぐに菜月を抱き寄せてくる。

互いに横向きになり、向かい合う。顔を合わせるのは少し恥ずかしいが、菜月は微笑んだ。

すると、彼もまた微笑んでくる。

「僕は幸せだ……」

その瞬間、菜月の胸はキュンとなった。

彼もまた自分と同じ気持ちなのだと確信した。

わたし……彼を愛してる。

菜月は切ないほどに彼を想っていた。彼のためならなんでもできる。

この気持ちが愛情なのだろうと……。

菜月は彼に小さな声で囁いた。

「わたしも……」

彼が蕩けそうな微笑みを見せると、ゆっくりと唇を重ねてきた。

遼司は裸で腕の中にいる菜月のことが愛おしくてならなかった。

こんなにも愛せる女性に出会ったのは初めてだった。今までどんな女性とも本気になったことはない。いつも相手から好きだと言われて、それを受け入れる立場だったからかもしれない。もちろん嫌な相手とは付き合わない。それなりに好意を抱ける女性と付き合ってきた。

しかし、菜月に関しては、ずっとこちらから積極的に行動していた。初めて自分から好きになった人だ。彼女が何を言っても、どんな表情をしても、どんな行動をしても、すべてが輝いて見えた。

そして、いつしか愛するようになっていた。

こんなにも誰かを愛おしいと思うことがあるなんて、想像もしていなかった。けれども、今は快感よりも深い感情があるのだと気づかずにはいられない。

こうして彼女を抱き締め、キスをすると……。

すべてが薔薇色に染まっているような気がする。

こんな気持ちになったのも初めてだった。

彼女をもう離したくない。一生このままでいたい。

身体は満ち足りているのに、心はまだ満足していない。彼女をもっともっと抱いて、自分のものにしたい。

そう。彼女の全身に自分の印をつけてやりたい。

誰にも渡したくないから……。

唇を離すと、改めて彼女を見つめる。彼女はほんのりと頬を染めていて、恥ずかしそうにしているものの、優しく微笑んだ。

遼司の胸は熱くなった。

彼女を愛してる……。

胸がいっぱいで言葉が出てこない。遼司はまた彼女を抱き締めると、唇を重ねずにはいられなかった。

言葉の代わりに唇で愛を伝える。

遼司は自分のことを器用なほうだと思っていたが、それは間違いだと判った。

第三章　別れの理由

菜月は遼司に抱かれてから、自分が変わった気がした。

何故だか、自信が出てきたのだ。今までみんなの邪魔にならないように隅のほうにいるのが性に合っていると思う人間だったのに、今は少し前に出てもいいかもしれないと思うようになっていた。

それも、遼司が自分のすべてを受け入れてくれるからだ。

いや、遼司のような恋人がいれば、みんな自信が出てくるに違いない。やはり釣り合わないという気持ちがないわけではない。自分には過ぎた人だと。

でも……遼司さんはわたしを大事にしてくれているし……。

だから、自分では気づかなくても、どこかいいところがあるのだろう。そんなふうに思うようになったのだ。

遼司と初めてデートをした日から、もう二ヵ月が経った。

今は互いのマンションを行き来している。菜月が手作りの料理を振る舞ったこともある。彼はすべておいしいと言ってくれた。

菜月のマンションは狭すぎるので、泊まるときは遼司のマンションのほうだ。彼のベッドなら二人で一緒に眠れる。菜月の部屋のロフトで一緒に寝てみたこともあるが、どちらかが布団からはみ出しそうだった。

会うのは週末だけで、平日は互いに仕事の日々だ。しかし、いつもメッセージや電話のやり取りだけは欠かさなかった。

今日は金曜で、夜はまたデートの予定がある。夕食を共にして、遼司のマンションへ行く。

菜月はおしゃれに目覚めていたので、買ったばかりの新しいワンピースを着ていくつもりだった。とにかく遼司と会うのが、楽しみでならない。

菜月は会社の更衣室で着替えて、彼との待ち合わせのカフェへ急いだ。

今日のカフェは彼のお気に入りで、落ち着いた雰囲気があり、コーヒー好きの人が集まる店のようだった。何度か待ち合わせをしたことがあり、菜月は店内を見回した。うつむき加減の遼司が座っているのを見つけて、彼の席へ向かう。

「お待たせ。遼司さん、早かったのね」

菜月は定時で帰ったから、自分のほうが早く着いたつもりだったが、今日は彼のほうが早かった。いつもなら、彼は待っているときはパソコンを開いて仕事をしているけれど、今日は違う。

というより、彼の様子がなんとなく違う。菜月は首をかしげた。

「今日はなんだか元気がない？　具合が悪いとか？」

彼ははっとしたように少し笑みを見せた。

「いや、そんなことはない」

「そう？　もし何かあったら、隠さず言ってね」

隠し事をされるのは嫌だ。しかし、もし彼が仕事のことで悩んでいるとしたら、菜月に言えないのも判る。

菜月は深く追及せず、店員にコーヒーを頼んで、会社であった面白いことを彼に話した。彼は菜月に合わせて笑ったりしていたものの、心ここにあらずといった感じだった。

今までこんなことはなかったのに……。

でも、自分からしつこく訊くわけにはいかない。彼が言いたいことなら言うはずだし、言いたくないことなのだから言わないのだろう。

ふと、最近のメッセージのやり取りについて、菜月は思い出した。

そういえば、菜月に対して、彼はなんだか上の空のような返事をしてきていた。以前は彼のほうからよくメッセージが来ていたのに、今週は菜月の側からばかりだった。

いや、それよりも先週の週末は彼のほうからデートをキャンセルされていた。仕事だから仕方ないと思っていたが、もしかしたらそうではなかったのかもしれない。

菜月は急に不安になってきた。

遼司のような人が今まで菜月の恋人だったことが奇跡的なのだ。彼が心変わりしたとしても、仕方がない気がする。

でも……誠実な彼が浮気するなんて考えられない。

それなら、わたしに飽《あ》きたのかもしれない。

菜月はそんなふうに思いたくなかった。というより、彼がいつまでも自分を好きでいてくれると信じていたかったのだ。

けれども、人の心は変えられないし、彼もまた自分自身の感情を理性でコントロールするのは無理だろう。

もし、菜月より好きな人ができたとしたら、浮気はしないまでも、心は勝手に離れていくものだ。そして、菜月と別れようとするに違いない。

いや、彼はそれらしいことは何も言っていない。きっと自分の考えすぎだ。起きてもいないことをグダグダ考えるのは、馬鹿らしいことだった。

そうよ。わたしの考えすぎ。

彼は他のことで何か悩んでいるのだろう。

菜月は思い切って彼に尋ねてみた。

「今日は元気ないのね？　仕事が大変なの？」

彼ははっとしたような顔になった。急に現実に戻されたような表情で、菜月の心はまた重くなっていく。

「いや……。そんなことはない。ごめん。上の空だったな」

「いいのよ……。じゃあ、疲れているのかな？」

「少しね……」

彼はずいぶん歯切れが悪かった。やはり彼は何か悩みを抱えているようだった。

「あのね……遼司さん」

「なんだ？」

「もし何か悩みがあったら、わたしに言ってね。遼司さんのお仕事のことは判らないし、人生経験が浅いわたしは役に立てないかもしれないけど、それでもしっかり聞くから。ほら、愚痴でもなんでも、人に話すとスッキリすることってあるでしょう？」

菜月は真剣にそう言ったのだが、彼は冗談を聞いたみたいにクスッと笑った。だが、菜月は彼が少しでも笑ってくれたことが嬉しかった。さっきから反応が薄かったからだ。

「そういえば、君は友人の愚痴を聞く役になりやすいんだったな」

「そうよ。みんな、わたしを相談役にするの。人の愚痴を聞くのは慣れているから、いつでも任せてね」

「菜月はきっと誰からでも好かれているんだろうね」

遼司は目を細めて、愛おしげに見つめてきた。菜月は彼のその穏やかで優しげな眼差しにドキッとする。

二人は交際しているが、あまり相手に自分の気持ちを口にはしないほうだ。『好き』くらいは言うが、照れくささもあって、『愛してる』なんて言ったことはない。

菜月の感覚として『愛』というのは重い言葉だと思う。きっと遼司もそうなのだろう。だから、たとえばプロポーズをしてくれるときに、その言葉を言ってくれるのではないかと勝手に思っていた。

もちろん、彼がプロポーズしてくれるとは限らないんだけど……。

しかし、今の彼の眼差しには愛が込められているような気がする。

菜月は頬を染めて、彼を見つめ返した。

「わたし……そんなにいい人じゃないわ」

「照れなくていいよ。君はすごくいい人だ。きっと……他の誰からも好かれる人だ」

彼の表情がふと暗くなった。

え……？　どうして？

菜月はわけが判らなかった。たった今、とてもいい雰囲気になったというのに、何が悪かったのだろうか。

彼は目を伏せて、コーヒーを飲み干した。

「ごめん。悪いけど、今日は用事があって、もう帰らなくてはならないんだ」

「えっ、そうなの?」

いきなりで、菜月は驚いた。慌てて自分の分のコーヒーを飲んでしまう。

これから楽しいデートのつもりで気合を入れてきた自分が愚《おろ》かに見えて、急に恥ずかしくなってくる。彼の自分への想いより、自分の彼への想いのほうが強すぎるような気がする。つまり、菜月だけが盛り上がっていたみたいに感じるのだ。

そんなことない……よね?

菜月は急に自信が失われていく。

二人はカフェを出た。外は小雨《こさめ》が降り出していた。今夜の予報は曇《くも》りだったから、傘など持っていなかった。

「車を取ってくるから、待っていてくれないか?」

「いいの。わたし、電車で帰るから。忙しいんでしょう?　小雨だから平気よ」

「いや、送らせてくれ」

「えっ、でも……」

菜月の住むマンションはここからけっこう時間がかかる。用事があるならわざわざ送ってくれなくても、一人で帰れる。小雨くらい、どうということもなかった。どうしても雨が嫌なら、コンビニに寄って傘《かさ》を買えばいいのだ。

「とにかく車を取ってくるから」

遼司はさっと駐車場まで車を取りにいってしまった。菜月は一人で帰るわけにもいかず、その場で彼を待つことになる。

やっぱりなんだか変……。

いつもの彼とは違う。

この間会ったときはいつもどおりの彼で、おかしなことはなかった。変だと思ったのは、やはり前のデートのキャンセルの連絡をもらったあたりだろうか。そこから、メッセージのやり取りも、どことなく素《そ》っ気《け》なかった気がする。

わたし、何かおかしなことしたかな。

心当たりはないが、気がつかないことで彼に嫌われてしまった可能性はまったくないとは言い切れない。

でも、嫌われたなら、どうしてわざわざ遠いわたしの部屋まで送ってくれようとするの？

菜月の頭は混乱していた。

待っていると、彼の車がやってきた。菜月は車の助手席に座る。ふと不安になって、彼の横顔を見つめた。

「あの……本当にいいの？　急ぎの用事があるんじゃ……」

「元々、君を送るつもりだったから。それくらいの時間はある」

彼は出会ったときから、菜月に対して親切で優しかった。思い返したら、彼はいつも菜月を部屋の前まで送ってくれた。心配性で過保護なのかもしれない。彼と会わない日は、どんなに時間が遅くても一人で帰っているのだから、気にしなくてもいいと思うのだが。

彼は責任感が強いのだろう。デートのときは部屋の前まで送ると決めているのだろうか。そこまでしないと、責任を果たした気にならないのだ。

ひょっとしたら、わたしにだけじゃないかもしれないけど……。

そんなふうに思ったら、また不安感が襲《おそ》ってくる。なんとも言えない彼の違和感が、菜月を不安にさせるのだ。

彼を好きだから……。愛しているから。

嫌われたくないし、飽きられたくない。彼と将来を共にできるかどうかは判らない。それでも、できるだけ長く彼と一緒にいたかった。

できればずっと……。

そう思っているからこそ、彼のちょっとした変化に不安を感じるのだ。

必ずしも菜月が原因だとは限らないが、それでも何かおかしいと思う。こうして彼の横顔に視線を向けても、それは判る。彼の目つきが違っていたし、顎や肩、腕に力が入っていて、不自然な緊張の仕方をしているように見えた。

一体、彼に何があったの……？

車の中ではほとんど話をしなかった。菜月が何か話しかけても、彼が乗ってこない。そんなことを繰り返していると、菜月は次第に落ち込んでくる。

遼司は菜月と話が合うと言っていた。けれども、二人の年齢差は九歳。そして、社会的地位も違う。そんな二人の話が本当に合っていたのだろうか。

わたしの話なんて……彼には面白くもなんともないのかも。

こんなに暗くなるのは嫌だ。けれども、こんなときにポジティブで明るいふりはできない。菜月は自分の感情がすぐに顔に出るタイプだ。仕事のときは抑えられるけれど、プライベートでは無理だった。

楽しいときは楽しい顔で、悲しいときは悲しい顔になる。

せめて何か話してほしい。悩んでいることなら、なんでも聞くのに。

菜月の頭はずっと同じことを繰り返して考えていた。やがて、菜月のマンションが見えてくる。小雨はほぼ止《や》んでいるようだった。

「ありがとう。わざわざ送ってくれて」

「いや……。今日は部屋まで送らないけど、いいかな？」

「え……もちろんよ。忙しいときに本当にごめんなさい」

彼が部屋の前まで送らなかったことは、一度もない。これが初めてだ。菜月は少し動揺《どうよう》したが、慌てて彼には用事があることを思い出す。

「じゃあ、またね」

菜月は車から降りて、彼にそう声をかけたが、彼は硬い表情で頷いただけだった。けれども、目だけは菜月をちゃんと見てくれているから、少しほっとした。

嫌われてるなんて……考えすぎ。

だって、嫌いな人を車で送ってくれたりする？　嫌いな人の目を見て別れる？

そう思いつつ、菜月は彼の車が遠ざかるのをじっと見ていた。心がどうしようもなくざわめいている。

いつもと違う彼……。

その理由が知りたいのに。

菜月はやはり何か拒絶《きょぜつ》された気がして、重い足取りでマンションのエントランスに足を踏み入れ、自分の部屋へと向かった。


菜月は心にもやもやを抱えたまま一人で夕食を作って食べ、それから風呂に入り、パジャマ姿でしばらくぼんやりしていた。

ふと、遼司と明日のデートの約束もしていなかったことを思い出す。なんだか雰囲気がおかしくて、そんなことを言い出せなかったということもある。

でも、会えるなら会いたい……！

それに、このもやもやとした気持ちをどうにかしたかった。もしかしたら、今度のデートも何か用事があるとかで断られるかもしれない。そんな恐れもあったが、彼が連絡をくれるのを待つのはつらかった。

何かがおかしい。それが判っているから、やはり自分から連絡を取ることにした。

彼の用事はもう終わっただろうか。菜月は彼に携帯《けいたい》でメッセージを送った。

『今日はわざわざ送ってくれてありがとう。それで、明日は時間ある？』

なかなか既読《きどく》にならない。やはり用事がまだ終わっていないのだろう。菜月は携帯を手にしたまま、ひたすら彼の返事を待った。

明日も明後日も、また会えないのだろうか。それとも……。

不安な感情ばかりが胸に渦巻く。

なるべく普通どおりの自分でいようとテレビをつけたものの、なんだか見ていられなくて、消してしまった。

遼司さん……一体どうしてしまったの？

菜月は彼とここで過ごした日のことを思い返していた。あのとき、彼に手料理をふるまった。彼はおいしいと褒めてくれて、とても嬉しかった。

あの豪華なマンションに住む彼だったが、菜月の狭い部屋に馴染《なじ》んでいた。あのときは彼が裕福な生活をしているとか、CEOだとか、そういう立場の違いを忘れられていたのだ。

不意に携帯の呼び出し音がして、電話がかかってきた。遼司からの電話で、菜月はすぐに出た。

「遼司さん……」

『菜月、すまない』

「いえ、こちらこそごめんなさい。用事は終わったの？」

『いや……その、本当は会って言うべきだったんだ。だが、君の顔を見たら、どうしても言えなかった。君は心優しい人だ。だから、傷つけたくなかった』

「遼司さん……何を言ってるの……？」

菜月の頭はついていかなかった。けれども、彼が何かよくないことを言おうとしていることだけは判った。

その先を聞きたくない。彼の話を遮《さえぎ》ってしまいたかった。

でも、聞かずに耳を塞《ふさ》いだところで結果は同じだ。

菜月の耳に彼の声が響《ひび》いた。

『菜月……僕と別れてくれ』

決定的な一言が聞こえた。

「ど、どうして……？」

自分の声が震えていた。声だけでなく、携帯を持つ手も震えている。

なんだかそう言われそうな気がしていた。だから、予想どおりではあったけれど、やはり実際に言われてしまうと、ショックを受けずにはいられない。

「わたしの……こと、嫌いに……なった？」

『そういうわけじゃない。だが……君とはもう付き合えない。僕が悪いんだ。僕が……浮気をした』

彼は振り絞《しぼ》るような声を出していた。

浮気……？　彼が……？

頭が急にガンガン痛みだした。菜月は携帯を握りしめて、もう片方の手で胸に手を当てた。息が苦しくて、どうにかなりそうだった。

「う、そ……」

『嘘だったら、どんなにいいだろう。他に好きな人ができてしまって……。だから、君のせいじゃない。僕がひどい男だっただけだ』

「じゃ、じゃあ……前のデートをキャンセルしたのも……？　今日も？　今、あなたの傍には誰かがいるの？」

彼が息を呑む音が聞こえる。菜月の胸に鈍《にぶ》い痛みが走った。

『いや、今はいない』

しかし、今日、菜月と別れた後、会わなかったとは言っていない。しばらく既読がつかなかったことを考えると、会っていたのかもしれない。

それとも、隣にいないだけで、ベッドにはいるのかもしれなかった。

菜月の胸の奥が焦《こ》げたように熱くなり、これが嫉妬なのだと思った。けれども、彼の気持ちがすでに他の誰かに移ってしまったのなら、嫉妬する権利などない。

彼は他に好きな人ができた。そして、菜月のデートをキャンセルしてまで、その好きな人とデートした。

まさか彼が浮気をするなんて……。

信じられない。そういう人ではないと、信じきっていたのに。

せめて、菜月と別れてから、好きになった人と付き合うはずだと思っていたのに。

だが、愛していると言われたこともなかった。もし彼が誰かと運命的に恋に落ちたとしたら、制御もできなかったのかもしれない。

すべてが想像でしかないけれど……。

彼は菜月と別れたいのだ。そして、菜月はそれを拒《こば》むことはできなかった。気持ちが離れているのに、それを取り戻すことなどできない。

そうよ。彼とわたしが釣り合わないことなんて、最初から判っていたんだから。

いつか二人に別れが来るかもしれないと考えていた。だから、平気だ。いや、平気なふりくらいできるはずだ。

もうどうしようもないんだから……。

菜月はなんとか深く息を吸い込んだ。

「判った……。今まで……ありがとう」

そう言ったら、彼のほっとしたように息をつく音が聞こえた。

『僕のほうこそ、今までありがとう。……菜月は若いから、すぐにいい人が現れる。絶対だ。だから……僕のことは……もう忘れてくれ』

「うん……。さよなら、遼司さん」

『さよなら……菜月』

彼は囁くような声になり、最後は電話が切れた。

菜月は携帯を持ったまま、しばらくそのままじっとしていた。何故だか涙が出てこない。心が急に空《から》っぽになったみたいだった。

何もかもが凍りついたような気がして……。

菜月はロフトに上がって、布団に転がった。手にはまだ携帯がある。もう大好きな遼司から連絡が来ることもないのに。

連絡どころか、もう二度と会えない……。

それなら、もっと彼の顔を見ていればよかった。写真もたくさん撮《と》ればよかった。いや、彼の写真をいつまでも未練たらしく残しておいてはいけないような気がする。

二人はもう別れたんだから。

菜月は二人で撮った写真を見た。とても幸せそうに笑っている二人だ。そんなに前の写真でもない。つい二週間ほど前に水族館へ行ったときのものだ。

削除しようとしていたのに、実際に見てしまうと、手が止まる。

大切な思い出の写真。

気づけば、菜月の目からは涙が流れ落ちていた。

どの写真も消してしまうことなんてできない。

あのときも……このときも……彼はいつも優しかった。

彼が一人で写っているものもある。彼は愛おしげなものを見つめる眼差しをして、写真を撮ろうとする菜月に微笑みかけていた。

ふと、この眼差しを今日も見たことを思い出す。

あのカフェで、一瞬だけ話が弾んだときに。

他に好きな人がいるなら、どうしてあんな目でわたしを見たの？

愛おしげに見ている、と菜月が解釈していただけで、本当は違っていたのだろうか。彼にこんな眼差しを向けられる度に、胸を高鳴らせたものだったのだが。

別れを告げられたことがあまりにも唐突だった。いや、今日の彼はずっとおかしかったから、そういう意味では別れを告げられる予感はしていたのだが。

少なくとも、今日のデートに出向くまでは、そんな話など予想もしていなかった。

デートをキャンセルされたのが先週の金曜日。確か木曜までは、普通にメッセージのやり取りをしたり、電話で話したりしていた。

先週の金曜に、いきなり好きな人ができたのだろうか。

そして、菜月とのデートをキャンセルして、他の人とデートした……？

なんだか違和感がある。別れたい理由は他にあるのかもしれない。やはり、彼が浮気をするようには思えなかったからだ。

他の理由って……何？

菜月は悪くないと言っていた。自分が悪者になるために、浮気をしたと言ったのではないだろうか。

それなら……本当の理由は何？

わたしを嫌いになったのではないなら、どういう理由があって……？

菜月の頭は急に冷静になってきた。

どうしても本当の理由が知りたい。デートの約束の前日になってキャンセルしなくてはならないほどの『何か』があったのだろう。そして、その『何か』のせいで、遼司は別れを決断した。

もしかしたら、別れたいというのは、彼の本音ではなかったかもしれない。

電話で別れ話をするというのも、彼らしくない。顔を見たら言えなかったと彼は言ったのだ。本当は別れたくなかったから、言いたくなかったとも考えられる。

もちろん、それはすべて菜月の妄想かもしれないが。

いずれにしても、はっきりさせたい。本当の理由があるのなら知りたい。彼が本当は別れたくないのなら、菜月だって別れたくない。

菜月は流れ落ちた涙を拭《ふ》いた。

彼に会いにいこう。直接会って、確かめよう。

本当のことが知りたい。

ただそれだけだった。


翌朝早く、菜月は遼司のマンションに出向いた。

どのみち、菜月は彼のマンションの合鍵《あいかぎ》も預《あず》かっている。彼も菜月の部屋の合鍵を持っているのだ。お互い交換していたから、別れるなら、それを交換し直さなくてはならない。

インターフォンだと帰れと言われそうだ。菜月は思い切って、彼の鍵でオートロックを通過し、部屋の扉も開けた。

彼がいないときに一人で入ったことはあるが、彼が在宅時に鍵を開けて入ったことはない。なんだか泥棒みたいな気分だ。

玄関には女物の靴なんてなかった。さすがに新しい恋人といちゃいちゃしているところに乱入したくなかったから、その点はほっとする。

それでも、やはり音も立てずに忍び寄るのは、あまり褒められたことではないだろう。

菜月は迷ったが、中に入ってからドアを閉め、声をかけた。

「遼司さん……」

緊張しているせいか、か細い声しか出なかった。返答はないが、室内からは何か物音が聞こえる。彼がいるのは間違いない。もう一度、声をかけようとしたものの、やはり小さな声しか出なかった。

少し迷ったが靴を脱いで、音がするリビングダイニングのほうへと向かった。すりガラスの扉があり、その前で遼司が何か喋っている声が聞こえてくる。

誰かいる……？

新しい彼女なの？

そう思ったとき、子供のような甲高い声が耳に入ってきた。

えっ……子供？　遼司さんに子供がいるの？

それとも、親戚か友人の子供だろうか。だが、まだ午前中だ。人の家を訪問する時間ではないような気がする。

菜月は思い切って、扉を開けた。

「りょ、遼司さん……！　勝手に入ってきてごめんなさい……」

扉を開けて、中を覗《のぞ》く。菜月は部屋を見回して、遼司を見つけることができた。

遼司はダイニングにいた。エプロンをつけて、テーブルについている。そして、幼児用の椅子に座る小さな男の子に、朝食を食べさせているところだった。男の子の母親らしき女性はどこにもいない。

菜月は驚きすぎて、そのまま固まってしまった。遼司もその子供も驚いたようにこちらを見て、同じように固まっている。

「菜月……！　どうしてここに……！」

遼司は我に返って、急いで立ち上がった。その様子が怖かったのか、子供が急に泣き出してしまう。その手には食べかけのパンがしっかりと握られていた。

「ああ、ごめん。ビックリさせたね。泣かなくていいよ。大丈夫だから。ね、パン食べよう。おいしいよ？」

彼は子供をなだめようと声をかけたが、どうしていいか判らないらしくオロオロしていた。

その様子を見ていた菜月は、事情が判らないながらも二人に近づいた。

とにかく泣いている子供が可哀想《かわいそう》だし、子供が泣いた原因は突然部屋に入ってきた自分にも

ある。

菜月は少し屈《かが》んで、子供の背中に手を当て、優しく撫でた。

「ごめんね。怖かったね。驚かせるつもりじゃなかったのよ」

背中を撫でながら、静かな声で話しかけていると、泣き声のトーンが少しずつ落ち着いてくる。

「パン食べてるの？　おいしい？」

その子はコクンと頷いた。頬に涙が流れていて、鼻水も出ていた。おまけに口元もケチャップで汚れていた。菜月はテーブルの上にティッシュが置いてあるのを見て、それで顔を拭いてやる。

すると、ようやく完全に泣《な》き止《や》んでくれた。

何歳なのだろう。喋れるのだろうか。

「お姉さんは菜月っていうの。ボク、お名前は？」

尋ねてみると、その子は不思議そうに菜月の顔を見てきた。まだ話せないのかと思ったが、やがて口を開いた。

「……とーま」

「冬に、真実の真と書くんだ」

遼司が教えてくれた。

「冬真《とうま》くんね」

その子はまたコクンと頷いた。なかなか可愛い顔をしている。仕草も可愛い。

ダイニングテーブルの上には、子供用食器が置いてあった。キャラクターの絵が描いてある皿の上には、スクランブルエッグにケチャップと子供用のウィンナーだけが載《の》っている。普段は料理をしない遼司が作ったのだろう。

遼司は少し溜息をつくと、椅子に座った。

「とりあえず、冬真にこれを食べさせないと。後で話すから、ソファのほうで待っていてくれないか？」

まったく事情が判らなかったが、ここで何か喧嘩でもしたら、また冬真が泣き出しそうだ。けれども、蚊帳《かや》の外に置かれて、一人でじっと待つのは嫌だった。

「わたしが食べさせるから、あなたも自分の分を食べたら？」

菜月は椅子を冬真の横に持ってきて、そこに腰かけた。すると、冬真は目を丸くして、菜月を見てくる。菜月は冬真に笑いかけた。

「さあ。お姉ちゃんと一緒に食べようね」

冬真は小さく頷いたものの、残念なことに笑い返してはくれなかった。おとなしいようだから、人見知りする子なのかもしれない。

菜月は子供が好きで、年の離れた従兄弟の相手をよくしていたので、幼児の世話はしたことがあった。冬真は自分でパンは食べられるようだったが、子供用のスプーンやフォークがあまり上手く使えないようだった。ウィンナーにフォークをなかなか刺《さ》せなくて、泣きそうな顔になっている。

「大丈夫よ。ほら、お姉ちゃんが手伝ってあげる」

菜月が手を添えて、ウィンナーに刺してやる。

「できた！　すごいね。できたね！」

彼は神妙な顔つきでウィンナーを口に入れた。

「よく噛《か》んでね。モグモグモグってやるんだよ。……そう。偉《えら》いね、冬真くん」

褒めてあげると、冬真は少しだけニコッと笑った。少し打ち解けて来たのだろうか。嬉しくなって、菜月も微笑む。

「次はたまごを食べようか。スプーンですくえるかな？」

遼司が作ったスクランブルエッグはそぼろのように細かくなっていて、フォークでは食べられそうになかった。菜月は冬真にスプーンを持たせて、手伝ってやる。なんとかすくえても、口からポロポロと零《こぼ》してしまった。

すると、冬真はまた泣きそうな顔になってしまう。

こんな小さな子が自分の失敗を気にするのはめずらしい。親がよほどしつけに厳《きび》しいのだろうか。

「いいのよ。後でキレイキレイしてあげるからね。冬真くん、おいしい？」

彼は菜月の顔を見て、コクンと頷く。

なんて可愛いの！

できれば、もっと笑ってくれたらいいのに。

ふと視線を感じて、遼司のほうを見る。すると、彼が食べる手を止めて、じっと菜月と冬真の様子を見ていた。

菜月は頬が熱くなる。二人は別れているのだから複雑な気持ちになるものの、こんなに見られていると、まだ彼が自分に関心があるように思えてくる。

遼司はぽつんと言った。

「小さい子の世話、上手いんだな……」

「ええ。まあ……。親戚の子の面倒をよくみていたから」

「そうか……」

遼司が食べ始めたので、菜月も引き続き冬真の食事に付き合った。時間はかかったがすべて食べてくれて、菜月はなんとなく達成感を覚える。

「いっぱい食べたね。冬真くん、ご馳走《ちそう》様して」

冬真はひどく神妙な顔で手を合わせた。

「ごちそーさま」

「はい、よくできました！」

菜月は冬真の頭を撫でた。冬真はあまり知らない相手に頭を撫でられるのが嫌なのか、ビクッと身体を強張《こわば》らせる。

「ん？　どうしたの？　冬真くんはお姉ちゃん嫌い？」

冬真は首を横に振った。

「そう。冬真くんはいい子で、可愛いね」

菜月は冬真の手と口周りを拭いてやり、にっこり笑う。冬真は怪訝《けげん》そうな顔をして菜月の顔を眺めている。やはり知らない人に対して警戒心が強いのかもしれない。きっと顔見知りの人に対してはちゃんと笑顔を見せてくれるのだろう。

遼司はもう食べ終わっていて、菜月が冬真の世話をしている様子をじっと見ていたようだった。

「ありがとう、菜月。小さな子にはそんなふうに食べさせるものなんだって勉強になった」

勉強のために、こちらを見ていただけだったのか。菜月は少しがっかりした。冬真が遼司とどういう関係にあるのかも判らないし、どうしてここにいるのかも判らないが、菜月は彼と元のような恋人同士に戻りたくて仕方なかった。

彼はわたしに無関心じゃないって……そう信じていたのに。

だから、合鍵を使ってまで勝手に部屋に入ったのだ。もしそうでなかったなら、わざわざ押しかけてきたりして恥ずかしいことになる。

「ちょっと待っていてくれ。ちゃんと話そう」

遼司は冬真の食事用のエプロンを外し、幼児用の椅子から下ろした。そして、冬真と手を繋いで、リビングのほうに連れていき、ソファに座らせる。それからテレビをつけ、子供用のDVDを見せ始めた。

菜月は自分が座っていた椅子を戻して、テーブルの上の食器を片付ける。キッチンには調理器具がそのまま置かれていて、乱雑な感じになっていた。以前はこんなことはなかったのだが。そもそも遼司は自炊などしていなかった。

菜月は洗い物を始めた。

「あ、いいよ。後で僕が洗うから」

「ごめんなさい。なんか落ち着かなくて」

「……じゃあ、コーヒーを淹れるから」

綺麗好きというわけではないが、使い終わった食器をそのままにしておくのは気持ちが悪い。幸い洗い物が多いというわけではない。片づけるのにそんなに時間はかからなかった。

改めて、ダイニングテーブルで向かい合って座る。ここでよく嗅いだコーヒーの香りが漂い、菜月はふと懐《なつ》かしくなり、切ない気持ちになった。

そうよ。わたし、彼に別れを告げられたんだった……。

納得できなくて、ここまで押しかけてきたけれど、やはり彼にしてみれば迷惑だったのかもしれない。

「あの……冬真くんはあなたとどういう関係なの？」

「甥《おい》だ。姉の子なんだ。今、預かっている」

「離れ離れになったお姉さん？　甥っ子がいるなんて知らなかった」

「……僕も知らなかった。姉とはほぼ行き来がなかったから。母の葬式で会ったきりだな。父の法事にも用事があると言って、来なかった」

親しい姉弟ではなかったということだ。父親の法事にも来ないような姉が、突然現れて、甥を預けていったのか。なんだか変な話だ。

しかも、あんな小さな子……。

「冬真くんって何歳？」

「二歳になったばかりだと言っていた」

「えっ……小さいと思ったら二歳？　まだトイレも自分でできないんじゃない？」

「そうなんだ。パンツみたいな穿かせるおむつを使ってる」

そんなに小さな子供を、ほとんど行き来のない弟に任《まか》せている彼の姉の気持ちが判らない。他に預けられる人がいなかったのだろうか。

よく見ると、遼司はずいぶん疲れた顔をしている。ひょっとして、昨日から冬真の面倒を見ていたのだろうか。朝早く預けられたのでなければ、そういうことになる。何しろ遼司は朝食を作り、冬真に食べさせていたのだから。

それなら、昨夜の用事というのは、冬真の世話のことなのだろうか。好きな人とのデートではなくて。

なんとなくだが、菜月の頭の中で点と線が繋がったような気がした。

彼が唐突に別れを告げてきた原因は、やはり浮気ではないはずだ。菜月が覚えた違和感は、間違いなかったと思う。

「冬真くんはいつから預かっているの？　それから、いつまで預かるの？」

遼司はすぐには答えず、まずコーヒーカップに口をつけた。ゆっくりとカップをソーサーに置いて、それから改めて菜月にまっすぐ目を向ける。だが、その眼差しは揺らいでいて、菜月にどれだけのことを話そうかと迷っているようだった。

「姉が……突然冬真を連れて会社にやってきたのは……先週の金曜のことだった」

「ああ、やっぱり。だから、デートのキャンセルをしたのね？」

遼司は目を伏せて、ゆっくりと頷く。

「そうだ……。姉は冬真を紹介してくれた。実は……僕は姉が金の無心にでも来たのかと思った。遺産相続のことでもめたこともあったから。冬真が生まれてから今までのこと、最近離婚したという話をした後、急にお手洗いに立ったんだ。そして、それきり戻ってこなかった」

「ええっ……それって……！」

彼の姉は息子を弟の会社に置き去りにしたのだ。菜月は大きな声を出しそうになったが、冬真がまた驚いてはいけないので、声をひそめる。

「おむつや着替えが入った荷物が残されていて、その中に置き手紙が入っていた。しばらく預かっておいてほしいと」

「じゃあ……お姉さんはいつ戻ってくるか判らないの？」

「そういうことだ。とにかく仕方ないから仕事している間はシッターを雇《やと》って、面倒を見てもらっている」

遼司は重い溜息をついた。

彼はいきなり初対面の二歳の甥の世話をすることになったのだ。独身の男性には荷が重すぎるだろう。

「結局、好きな人ができたとか浮気したとか嘘なんでしょう？」

菜月は単刀直入《たんとうちょくにゅう》に訊いた。彼にそんな心の余裕もなかっただろうと思うからだ。

遼司は諦めたように頷いた。

「そうだ。だが、別れたいという僕の気持ちに変わりはない」

「何故？　好きな人ができたわけでもないのに？」

「……君のためなんだ」

「わたしのため？　意味が判らないけど」

今までのようにデートができないのは冬真がいるからだと判った。けれども、だからといって別れるという選択をすることはないと思うのだ。

「わたしは冬真くんがいても平気よ。デートはここですればいいし、なんなら一緒にお世話もしてあげられるし」

「君に子供の世話は押しつけられない」

「押しつけるって……。わたしは子供の世話が得意なのに」

「いや、つまり……」

遼司は少し苛立《いらだ》ったように自分の髪に手をやり、ぐしゃぐしゃにした。

「僕は君が子供の世話が得意だとは知らなかったし、意外だった。だけど、もしその世話がずっと必要だったら……？」

菜月は首をかしげた。

「お姉さんはいつか戻ってくるでしょう？　どうして冬真くんを置いていったか知らないけど。何かよほどの用事があったのね」

「……邪魔だったからだよ」

遼司は突き放すように言った。が、テレビの画面に釘付《くぎづ》けの冬真を気遣うように、そちらの様子を窺《うかが》った。

「お姉さんは自分の子供を邪魔に思っていたの？」

「そういう人間はいる。……僕は気になったことがあって、冬真を病院に連れていったんだ。あの子、小さいと思わなかったか？」

「確かに小さいけど、成長には個人差があるって聞くから……」

菜月は子供の成長には詳しくないが、親戚の集まりなんかで聞いたことがある。

「風呂に入らせようと脱がせたときに判った。小さな子供なのに痩せていた。それに痣《あざ》みたいなものも太腿にあった」

「もしかして虐待《ぎゃくたい》……？」

「医者はその可能性はあると言っていた。栄養状態もよくなかった。だいたい、おとなしすぎる。子供って、大きな声を出してはしゃいだりするものじゃないか。冬真は喋るどころか、声もあまり出さなかった」

それなら、冬真はどういう扱いをされてきたのだろう。菜月は想像しただけで泣きそうになっていた。

「そんな……冬真くんは……」

「姉が戻ってきたとしても、僕は素直に冬真を渡せない」

菜月は大きく頷いた。

「そうよね！　わたしもそうするべきだと思うわ！　栄養不足って、ご飯もあまり食べさせてあげなかったってことよね。おとなしいということは、栄養が足りなくて元気が出ないのか、それとも声を出したら叱られたりしたのか……」

どちらにしても可哀想だ。菜月は涙ぐんでしまった。

本当のところ、どういう状況だったか判らない。彼の姉にしても何か事情があったかもしれないのだ。ひょっとしたら、貧しくて食べさせてあげられなかったということも考えられる。

でも、やっぱり……。

菜月は、黙ってテレビの画面を見ている冬真を見た。そう言われてみれば、痩せているようだ。少なくとも元気いっぱいの様子はない。もちろん、元々おとなしい性格の子供もいるだろうが、やはり愛されている子供のような雰囲気はなかった。

遼司はコーヒーをすすり、話を続けた。

「それに……相談もなしに僕のところに置き去りにしている。姉のことは、僕もよく知らない。どんな生活をしていたのかも。だが、姉も僕のことを何も知らない。なのに、僕の許《もと》に置き去りにした。それだけでも育児放棄と言えるんじゃないだろうか」

「そうね……。事情はあるだろうけど」

むしろ事情もなしに、子供を置き去りにするなんて考えられない。たとえば育児ノイローゼだったかもしれない。離婚をして、一人で働きながら育てていたら、精神的にダメージを受ける人もいるだろう。

ただ、それでも黙って、よく知りもしない弟の許に置き去りにするのは間違っているが。

「姉の行方は探偵を使って捜してもらっている。連絡がついたら、話をする。そして、もしもう冬真を育てるのが嫌なら……僕はあの子を引き取ろうと思う」

「えっ……」

菜月は驚いた。というのも、遼司にとって血の繋がった甥だといっても、彼は姉のことすらよく知らないようだ。しかも、一週間前に会ったばかりなのに、虐待の可能性があると知っただけで、引き取ると言うのか。

彼が真面目で親切で優しいことはよく知っている。

でも、まさか子育て経験もないのに、こんな小さな子を引き取ると決心するとは思わなかった。

「遼司さんはお姉さんのこともよく知らないし、もちろん冬真くんのこともまったく知らないんでしょう？　お姉さんがたとえ虐待をしていたとしても、別れたご主人は？　冬真くんのお父さんのことは知っているの？」

遼司はふと眉をひそめた。

「姉は……別れた夫は働かない、ギャンブルばかりしていたから別れたと言っていた。だが、姉が嘘をついていたことも考えられるな。それも調べてみよう」

彼は冬真が虐待されていたかもしれないと思い、一人で先走って考えていたらしい。菜月は彼が少し冷静になったことを知って、ほっとした。

「ねえ。わたし、あなたが冬真くんを本当に引き取ることにしても、全然構わないわよ」

正直、今まで彼との未来を夢見ていたが、彼の甥がそれに入ってくることは想像していなかった。確かに頭はすぐには切り替わらない。しかし、一緒に過ごしたら、変わるかもしれないのだ。

だいたいプロポーズされたわけでもないし。

恋人として付き合うのに、そこまで覚悟はいらないはずだ。

「そういうわけにはいかない。これから付き合っていくとしても、デートはいつも子連れになる。はっきり言って、君にはふさわしくないと思う。君は若いし、もっと楽しみたいだろう。僕よりももっといい男が現れるはずだ……」

彼はそう言いつつ、つらそうな表情になった。菜月はそれを見て、胸がキュンと締めつけられたような気がした。

彼はわたしをまだ好きでいてくれている……。

そう思ったら、胸の奥が温かくなってきた。

菜月は自分の心の中を探《さぐ》ってみた。

わたしは遼司さんが好き。愛してる。ずっと傍にいたい。できることなら、彼と家庭をつくりたい。

でも、彼の甥を自分の子のように可愛がっていける？　子守りをしたことはあっても、子育てなんてしたことはない。もし嫌になって、それこそ虐待なんてしてしまうかもしれない。

今の自分は虐待なんて絶対にしないと思う。だが、虐待してしまう人も最初からそうしようと考えていたわけではなく、何か追いつめられた心情になって、やってしまうのかもしれない。

わたしは子育ての苦労を知らないから、彼に子供がいても大丈夫なんて、お気楽に考えているのかも……？

そうではないと言い切れなかった。まして、彼の連れ子でもなく、甥という微妙な関係の子だ。

もちろん冬真は可愛いと思うが……。

遼司は小さく溜息をつき、それから優しく微笑んだ。

「君と人生を共にしたかった。けれども、それは無理だと思った。君のためにはならない。だから、このまま別れよう。君には幸せになってほしいから」

菜月は彼が自分との結婚を思い描いていたことを、今になって知った。彼とは釣り合わないと思っていて、いつか別れることになるかもしれないとずっと覚悟していた。

しかし、彼にそんな気持ちがあるのなら、このまま別れるわけにはいかない。

だいたい彼は菜月以上に幼児について知らないようだった。シッターの助けは借りているにしても、彼一人で冬真を育てるのは無理があるのではないかと思った。少なくとも、今、目の前にいる遼司はとても疲れた顔をしていた。

彼はいつか女性の助けを求めるだろう。子供を一緒に育ててくれるパートナーを。

それなら、その女性が自分であってもいいんじゃない？

菜月は多少なら幼児の扱い方は判る。判らないところは親戚に訊いてもいい。育児書を読んで、勉強してもいい。

菜月は自分の中で決心を固めた。

そうよ。わたしは彼のためなら、何を捨てても惜しくない。どのみち子育ては経験することになるのだろうし、それが後か先かだけの違いだ。

もう一度、菜月は冬真を見る。

小さくて痩せていて、ぽつんとしている。可哀想なほどおとなしい子だ。胸の奥に何か奇妙な想いが溢れ出てくる。

わたしは……。

この子を可愛がることができる。

今すぐ我が子のように愛することはできない。彼の姉が戻ってきて、すべて解決することも考えられるし、本当の父親がぜひ引き取りたいと言い出すかもしれない。けれども、もし彼が本気で引き取ることになれば、そのように対応できる。

不安はあるが、彼が甥を我が子にするなら、菜月も彼と歩みを合わせたい。

だって、彼を愛しているから。

こんなにも愛しているのに、やはり別れられない。忘れられない。このまま別れても絶対に悔《く》いは残る。

彼以上にわたしを幸せにしてくれる人は現れないから。

菜月はまっすぐに遼司の目を見つめた。

「わたし……別れません」

遼司は菜月があまりにもはっきりと言い切ったことに驚いているようだった。一瞬、ぽかんと口を開いたが、すぐにまた話し出す。

「……いや、だから、ズルズル付き合うのはよくないことだ。いずれ君は嫌になるはずだから、今、別れておいたほうがいい」

「どうしてわたしが嫌になるって決めつけているの？　わたしが小さい子の世話ができること、判ったでしょう？　子育てしてたわけじゃないから知識は足りないけど、それはネットで調べたり、誰かに訊くことができる。もちろん家事だってできる。冬真くんにもう少しましな食事を作ってあげられる」

「ちょっと待ってくれ。僕は君を家政婦やシッターにしたいとは思わない。君には幸せになってもらいたいから……」

彼の思いやりは判るが、菜月にとってそれは見当外れのことだと言いたかった。

「どうして判ってくれないの？　わたしは遼司さんと別れて、幸せになれない。わたしを幸せにしたいなら、ここにいさせて。冬真くんを育てるつもりなら、一緒に育てたい。もし、わたしと人生を共にしたかったというのが本当なら……」

「嘘じゃない！　もちろん本当だ！　でも、それとこれとは話が別だ。今、君は冬真を育てる気になってくれている。けれども、すぐに嫌になるかもしれないじゃないか。実際に冬真とずっと一緒にいたら……」

菜月は遼司が自分の気持ちを信じてくれていないのがもどかしかった。

しかし、食事の世話をしただけで信用してくれと言われても、そうはいかないのだろう。遼司にとって冬真は甥だ。一週間前に会っただけの子供でも、血の繋がりはあるし、世話をしているうちに情が湧いたのだと思う。

一方、菜月は遼司の恋人であっても、冬真とは血の繋がりもなければ初対面だ。多少、子供の世話が得意であっても、そう簡単に一緒に育てていこうとはならないはずだ。

遼司は真面目で責任感が強い人だ。だからこそ、甥の養育についても、菜月との将来についても真剣に考えたのだろう。

その結果が、菜月と別れて、一人で冬真を育てるということなのだ。

「君が冬真を育てたいというのは、ただの思いつきなんだ。よく考えたら、どんなに大変なことなのか判る。君は姉がまた冬真を連れていくと思っているかもしれないが、僕としてはそうはさせたくない。姉に虐待される可能性があるなら、養子にするつもりなんだ」

彼はそれだけの決心を持っていると言いたいらしかった。だから、別れることが一番いいことなのだと。

でも……わたしは嫌。

彼をどうやって説得したらいいだろう。確かに、今の時点で冬真に愛情を持っているわけではない。可愛いし、可哀想だとは思うが、それだけだ。しかし、遼司が冬真を養育する気でいるなら、菜月もそうするつもりだった。

それをただの思いつきでないと証明するすべはあるのだろうか。

わたしが幼児の世話に向いているところを見せたら……？

ほんの短い時間では判ってもらえないだろう。何日かここに通ってみるのはどうだろう。もしくは、いっそ……。

「じゃあ……わたしがどれだけのことができるか試《ため》してみてよ！」

「えっ……試すって？」

遼司は戸惑うように目をしばたたかせた。

「一ヵ月間、わたしをここに置いてほしいの。平日の昼間はシッターさん任せになっちゃうけど、帰ったら遼司さんと一緒に冬真くんの世話をしたり、家事をしたりする。わたしを試して。一ヵ月間やってみても、無理だと思うなら諦めるから」

彼に信用してもらうには、自分がどれだけのことができるか見せるのが一番だと思った。そうすれば、これから先ずっと彼と一緒にいられるかもしれない。

それに、努力してみてダメだと思われたのなら、諦めることができるだろう。何もやらないうちから否定されるのは嫌だった。

彼は難しい顔をして、黙り込んでいる。

真面目だからこそ、すぐに返答できないのだ。菜月には彼の気持ちが痛いほど判った。

「逆の立場だったらどう？　もしわたしが甥を養育するつもりで、あなたはきっと嫌になるから別れようと言われたら？」

彼ははっとしたように目を見開いた。

「確かに……もしそう言われたら、僕は君を説得しようとしただろう。君がそこまで甥を可愛いと思っているなら、甥ごと君を引き受けようと思う。もちろん子供を育て上げるのは、並大抵のことではないと判っていても……」

それを聞いて、菜月の心の奥が温かくなってきた。

菜月が遼司を想うのと同じように想ってくれていると判ったからだ。

よかった！

それなら、やはり菜月は遼司と別れることなどできない。そんなふうに想ってくれる人は、きっと彼ただ一人だ。

「わたしも……並大抵なことじゃないって判ってる。それでも、あなたと一緒にいたい。せめて、一ヵ月だけでも試してみて」

それでも、遼司は迷っているようだったが、ついには頷いた。

「判った。そこまで言ってくれるなら……一ヵ月間、一緒に暮らしてみよう」

彼はまっすぐに目を上げて、菜月を見つめてきた。まだ決意しているわけではないようだった。菜月がそこまで言うなら、仕方ないといったところだろう。

今はそれでもいい。

後は、自分がどれだけできるのか、冬真とどれだけ親しくなれるのかを彼に示すだけだ。もしかしたら、彼の言うとおり、冬真の世話が無理だと思い知らされるのかもしれないが、それはやってみなくては判らない。

「ありがとう。わたし、頑張るから！」

「一人で無理することはない。協力してやっていこう」

彼がそう言ってくれて嬉しかった。試してほしいと言っておきながら、本当は少し自信がなかったからだ。

それに、彼がわたしと一緒にやっていこうという気になってくれたから……。

もちろん一時的なことだと、彼は考えているかもしれないが、それでもいい。この一ヵ月間、彼と共に子育てをする。そして、冬真との生活を楽しめるようになれたらいいと思っている。

だって、楽しめなくては本当の家族にはなれないでしょ？

この一ヵ月間の頑張りを彼が認めてくれたとしても、無理して冬真の世話をしていたら、いずれは破綻《はたん》する。そんなことになったら、彼も冬真も、そして菜月も不幸になるだけだ。

みんなが幸せになるようにしたい。

それができないなら、菜月はやはり身を引くべきなのだ。

いずれにしても、この一ヵ月間は頑張らなくちゃ。

なんだか押しかけ妻みたいなことになるが、後悔しなくて済むように精一杯やらせてもらおう。

菜月はにっこりと笑った。

「わたし、早速、荷物を取りにいってくるわ」

席を立つと、遼司も立ち上がった。

「ああ、それなら、一緒に行こう。車で行けば荷物も積める」

以前のように彼も微笑んでくれる。菜月はその表情を見て、ほっとした。

彼は菜月のために別れようと決意していたようだが、一ヵ月間だけでも一緒にやっていこうと決断すると、頭が素早く切り替わったらしい。

さすが……遼司さん。

菜月はそんな彼が自分の恋人であることが誇らしく感じた。

「冬真くんは？　チャイルドシート……とか必要だと思うけど」

「もうつけているよ」

遼司は本気で冬真を育てようとしているのだろう。シッターを雇っただけでなく、自分の手できちんとしようとしている。幼児用の椅子もそうだし、リビングの中だけでも、子供用のおもちゃや遊具が用意されていた。

きっと短期間で子育ての勉強もしたことだろう。

菜月はますます彼を尊敬する気持ちになっていた。

いざとなると頼りになる人。そして、どこまでも責任感を持って接してくれる人。

わたしはやっぱり彼のことが大好き。愛してる。

だから、彼のためになんでもやれる。

菜月は遼司と顔を見合わせて、いつの間にか手を繋いでいた。そうして、ソファにぽつんと座り、おとなしくテレビの画面を見ている冬真のほうへと歩いていった。


遼司は車を運転しながら、後部座席に座る菜月と冬真を気にかけていた。

菜月のためにも、別れることが最善の道だと考えた。だから、本心では別れたくなかったが、別れを告げたのだった。

もちろん最初は面と向かって別れようと言うつもりだった。他に好きな人ができたから、と。

しかし、顔を見たら、とても言えなかった。彼女はきっと泣くだろう。勝手かもしれないが、最後に記憶に残すとしたら、彼女の泣き顔ではなく、笑顔のほうがよかった。

そして……卑怯《ひきょう》だと思いながらも、電話で別れを告げた。

これでいいんだと思った。彼女なら、いくらでも素晴らしい男性と出会えるだろうし、これから幸せになれるだろう。

遼司は冬真を育てることを選んでしまった。最初はちっとも笑わない子で、そんなに可愛いとも思えなかった。だが、母親である姉から虐待を受けたかもしれないと判ったとき、自分の中の何かが変わってしまった。

姉はこの小さくて痩せた身体に、一体どんなつらい想いをさせてきたんだろう。

遼司は子供の頃の姉のことしか覚えていない。父、それから母の葬式のときに顔を合わせたが、他人のようにしか思えなかった。

だが、母のことは姉より記憶がある。

母もまた遼司のことをほったらかしにすることが多かった。父の前では普通の母親みたいに振る舞っていたが、家政婦任せにしていた。姉のほうは可愛がっていたから、家を出るときに連れていったのだろうが、遼司は最初から父の許に置いていくつもりだったのだろうと思っている。

もし姉が母のような子育てを冬真にしていたとしたら……。

自分には優しく親身になってくれる家政婦がいた。しかし、冬真にはいなかったのだろう。

そのせいで、冬真は痩せ細っていたのだ。

もっとも、冬真は少し表情に乏《とぼ》しいものの、嬉しそうな顔もする。笑うこともできるし、あまり喋らないが、こちらの言うことも判っているようだ。それを考えると、姉も完全に冬真を放置していたのではないと思う。

それに、完全にどこかに放置するより、疎遠《そえん》な弟の許に置き去りにすることを考えるくらいの理性はあったようだ。

それだけでもいいと思わなくてはならないのは情けないが。

それにしても、しばらくの間、冬真があまり食事を摂《と》っていないことや、痣ができるようなことをされた可能性はあるということだ。

遼司は過去の自分の姿と冬真を重ね合わせているのかもしれない。家政婦に宥められながら、母の帰りを待つ自分の姿と。

やはりどうあっても、姉が帰ってきても、すんなりと冬真を渡すわけにはいかない。

となると、どうしても気になるのは菜月のことだ。

菜月とは真剣に付き合っていたし、結婚を考えていた。彼女は若いが、自分は結婚してもいい年齢だ。

何より彼女は今まで付き合ってきた女性達とは違う。どこかに連れていけとか、何か買ってくれとか、自分に対して何か要求するようなことはしないし、逆にこちらを気遣ってくれる。会うと零れるような笑顔を見せてくれるし、それがなんとも言えず愛らしいと思っている。そんな彼女だからこそ、交際を深めていくうちに、結婚を意識していた。彼女が部屋で料理をしてくれたときも、ずっとこんな生活が送れたらいいと思っていたのだ。

だが、遼司が甥を育てることを決めたら、彼女はそれを受け入れてくれるだろうかと悩む羽目になった。

彼女はきっと受け入れてくれるだろう。けれども、それは彼女を不幸にすることではないかとも迷った。

彼女に告げたとおり、最初は一緒に育てる気になってくれても、後で冬真が疎ましくなるかもしれない。

もし、そうなってしまったら……。

今も本当は少し迷っている。

菜月は自分と一緒に冬真を育てることができると思っている。遼司もそれを信じたい。しかし、彼女の気持ちが途中で変わったら、冬真が傷つく。

とはいえ、冬真はまだ二歳だ。菜月と別れても、最初は傷ついても、きっと記憶には残らないだろう。

そうなったら、一番傷つくのは、菜月自身ではないだろうか。もちろん遼司も傷つくが、母親になりきれなかった菜月は自分を責めるような気がする。

それは気の毒だ。元々、彼女にはなんの責任もないのに。

彼女に責任を感じさせたくない。それくらいなら、嘘をついてでも別れようと思った。

でも、彼女は嘘を見抜き、遼司の部屋まで押しかけてきた。合鍵を使ってまで入ってきたということは、なんとしてでも真相を突き止めるつもりでいたのだろうか。

彼女は自分を試してほしいと言った。

そこまで彼女に言わせてしまったことに対して、遼司は申し訳なく思っていた。きちんと別れられればよかったのに、その演技ができなかった自分のせいだ。

本心では、彼女を試すなんてことはしたくない。

結婚して、自分と一緒に冬真を育ててほしいとプロポーズしたかった。

けれども、自分は冬真のことを一番に考えなくてはならないのだ。たった二歳で親から見捨てられた甥のことを。

今、菜月は冬真にいろいろ話しかけている。冬真の反応は薄いが、それでも表情が以前より柔らかくなっている気がする。

女性が相手だと、母親を思い出すからかもしれない。

菜月は意外に子供の扱いが上手い。彼女が子育てを手伝ってくれれば、どれほど助かるだろう。

それでも……これで本当にいいのかという迷いはある。

いや、これは菜月が選んだことだ。菜月はやってみないと納得しないのだから。

遼司の心は複雑だった。

菜月を幸せにしたい。彼女にはいつも笑っていてもらいたい。

同時に、冬真を元気いっぱいに笑う子供にしたかった。かつて家政婦に優しくしてもらい、甘えるようになっていた自分のように。

二人とも幸せにしてあげられたらいいのに……。

だが、自分は菜月に甘えているのではないか。本当に彼女のことを想うならば、頑として彼女の案を退《しりぞ》けるほうが正しかったのではないだろうか。

そんな考えが頭に浮かぶ。

正解はないのだろう。

結局のところ、菜月は自分と別れたくなかった。そして、遼司もまた菜月を手放す勇気が持てなかった。

もう……腹をくくるしかない。

これから菜月と冬真、二人を幸せにしていくと決めよう。いつまでも迷っていてはいけないのだ。

やがて車は菜月のマンションの前に着いた。

遼司は車を降りると、菜月が冬真のチャイルドシートのベルトを外していた。

「外れたよ。冬真くん、お姉ちゃんのお部屋に行こうね。可愛いくまちゃんに会いにいこう」

それを聞いて、冬真は少し嬉しそうな顔をした。車の中でずっとその『可愛いくまちゃん』の話をされていたのだ。

『可愛いくまちゃん』とは、菜月の部屋にある小さなぬいぐるみのことだろう。彼女と遠出したときに、たまたま寄った土産物店にあったものだ。彼女は間抜けな顔をしたぬいぐるみが気に入り、遼司が買ってあげたことがある。

冬真を車から下ろして、手を握る。小さな可愛い手だ。ギュッと握ってくる手の力を感じると、彼のために頑張ろうという責任感が芽生えてくる。

菜月はするりと遼司と反対側に並び、冬真の手を握った。

彼女は冬真に優しい目を向けて、微笑んだ。きっと自分と同じように、菜月もまた冬真が握る手の力を感じたに違いない。

今、この瞬間、遼司は三人がまるで本当の家族になったかのような錯覚を覚えた。

三人で手を繋いでどこまでも行けたらいいのに。

そして、いつか小さな弟や妹が加わったらいい。

脳裏に幸せな家族の情景が浮かび、ほんの一瞬だが、遼司は幸福に浸った。

菜月の部屋へ入ると、冬真は神妙な顔で見回している。そして、くまのぬいぐるみを見つけると、そこに走り寄った。

手を伸ばそうとして、冬真は何故か躊躇《ためら》った。遼司と菜月を振り返り、こちらをじっと見つめている。遠慮しているのだろうか。子供なら、すぐに手に取ると思っていたのに。

もしかして、姉に厳しく躾《しつ》けられたのかもしれない。勝手に取ってはいけないと。

もちろん躾《しつけ》は大事だ。けれども、二歳の子供に厳しくするのはどうだろう。

菜月は冬真に近づき、彼の目線まで身を屈めた。

「くまちゃん、冬真くんと遊びたそうにしてるね。くまちゃんって言ってみて。答えてくれるかもしれないよ」

冬真は躊躇ってから、ようやく声を出した。

「くまちゃん……」

すると、菜月がくまを手に取り、おかしな声色を使って答えた。

「冬真くん、遊びましょ」

すると、冬真が声を上げて笑った。

遼司は冬真が自分の許に連れられてから、初めてこんな楽しそうな声で笑うのを聞いた。その瞬間、胸の中を覆っていた濃《こ》い霧がぱっと晴れたような気がした。

菜月は冬真を笑わせてくれる。冬真の子供らしさを取り戻してくれるかもしれない。

自分では上手くできなかったことが、菜月にはきっとできるのだろう。その差がなんなのか判らないが、そんなことはどうでもいい。

これからの生活に、遼司は希望を見出していた。

菜月は冬真にくまのぬいぐるみを渡した。男の子がみんなぬいぐるみを渡されて、喜ぶとは思わないが、冬真はとても嬉しそうに微笑んでいた。

大切なもののように、そっと抱き締める。

遼司はその仕草を見て、胸がじんと熱くなった。

これでいいんだ……。

きっと。

菜月は冬真を座らせると、遼司に声を近づいてきた。

「着替えとかまとめるから、座って待っていて。テレビでも見る？　何か飲み物でも……」

遼司はふっと笑って、菜月の頭をぽんぽんと優しく叩《たた》いた。すると、菜月がさっと顔を赤らめる。

「やだ。わたし、冬真くんとは違うのよ。子供じゃないんだから」

「でも、菜月も可愛いなと思ったんだ」

「もう……一体何？」

菜月は遼司の胸の内にあるこの優しい感情には気がついていない。だが、それでいい。遼司

自身もこの感情をどう説明していいか判らないから。

「僕と冬真は適当に過ごしてるから、菜月は荷物をまとめるといい。足りないものがあれば、後でまた取りにこよう」

「判ってる。じゃ、手早くまとめるわね。あ、冷蔵庫の中のものも持っていかなくちゃ」

そうは言っても、着替えが中心だろう。

これから一ヵ月……僕達は一緒に暮らすことになる。

最初は不安があったが、今はワクワクしている。菜月がいれば、遼司も冬真も幸せになれる。

今はそう思っている。

願わくば……。

その幸せがずっと続くように。

遼司は旅行バッグに着替えを詰め込む菜月の姿を見ながら、そう思った。

第四章　愛を確かめ合う二人

菜月は何度も遼司のマンションに泊まったことがあった。

けれども、子供がいたのは初めてで、当然のことながら今までとは勝手が違っていた。恋人同士だと、始終くっついているのが当たり前だったが、冬真がいるとそうはいかない。何もかも自然と冬真中心になっていくのだ。

少し淋しい気持ちもあるが、親になるというのは、子供優先になることなのだろう。

昨日までごく普通の独身女性だった自分が、たった一日で二歳の子の親になるのだから、最初は戸惑ってもおかしくない。しかし、自分がそう決めたのだということを思い出して、なんとか頭を切り替えようとしていた。

とはいえ、冬真に何を食べさせたらいいのかということから、菜月には勉強が必要だった。二歳児にできること、できないことも知らない。とにかくひとつずつ本やネットに書いてあることを読んだり、人に訊いたりして、知識を増やしていくしかなかった。

そんなわけで、手探り状態で昼食を作った。すると、眠くなったようで、遼司が昼寝をさせてくれた。冬真はおとなしい子なのに、昼寝をしてくれると何故だかほっとする。それだけ気を遣っていたということだろうか。

遼司はダブルベッドで寝ていたのだが、冬真のために布団を購入しているらしい。寝室や書斎の他に、もう一室、使っていない和室があったのだが、そこに大人用布団と子供用布団を敷いて、一緒に寝ているのだという。

ダブルベッドだと、冬真が落ちる可能性があると思ったのだろう。柵のある子供用ベッドに寝かせるといいだろうが、母親と別れて不安定なところがある冬真を一人で寝かせるのは可哀想な気がしてくる。

きっと遼司も同じように感じて、川の字で寝ることにしたのだと思う。

彼は本当に冬真くんのこと、すごく考えているのね……。

いきなり新米の親代わりになったから、気の回らないところもあるのだが、遼司はたった一週間で本物の親に近づいているようだった。

それがたのもしくもあり、遠くなったようにも感じる。

菜月は以前から遼司のことを尊敬していたが、今は単なる恋人だった頃とは違う面を見ている感じだ。少し淋しいけれど、彼が尊敬できる人だということには変わりはない。真面目で優しい。

真面目なだけでもなく、優しいだけでもない。両方を持っていて、かつ、心がとても強い。

可哀想な甥のために、恋人とも別れようとする。父親でもないのに、父親代わりになろうとしている。

菜月はまだこの状況に慣れないながらも、遼司のことをますます好きになっていた。甥のことなんてどうでもいいという人じゃなくてよかった。シッターに任せていれば、それでいいと考える人でなくてよかった。

全力で冬真に向き合う彼がとても愛おしかった。

だから、菜月も彼に見合うだけの自分になりたいと思う。少しでも近づきたい。彼と一緒に、冬真を含めて幸せな家族になりたい。

そんなことを考えているとき、菜月はふと冬真を昼寝させにいったはずの遼司がいつまでも戻ってこないことに気がついた。

今のうちに、冬真の生活について訊いておこうと思っていたのに。

忍び足で和室に近づき、そっと中を覗いてみる。すると、子供用の布団に寝る冬真に寄り添うように、畳《たたみ》の上で遼司が眠っていた。

きっと疲れているんだわ……。

菜月よりは一週間だけ慣れているとはいえ、彼も初めての子育てだ。判らないことだらけで、精神的にも肉体的にも疲労の極致《きょくち》にあるかもしれない。

押し入れをそっと開けると、布団が畳んで置いてある。菜月はそこにある毛布を静かに手に取り、寝入っている遼司の上にそっとかけてあげた。

それでも、彼は気づかずに眠り続けている。

なんだか可愛いところもあるのね。

菜月はそう思いながら、足音を忍ばせて部屋を出た。リビングのソファに座り、スマホを取り出す。

今の間に、二歳児のことについて勉強しなくちゃ！

まずは食べ物のことだ。菜月が一人で頑張らなくてもいいと言われたが、それでも知識は必要だ。菜月は出張などないけれど、遼司の場合はそういうわけにもいかない。ＣＥＯだから、仕事の時間は融通《ゆうずう》が利く場合もあるだろう。逆に、どうしても遼司でなければいけない仕事もあるに違いないと思っている。

いざというときに、一人でも冬真の世話ができるようにならなくてはいけない。実の母親なら当然のことだし、菜月は母親代わりになるつもりだから、やはり身につけておくことは多そうだ。

菜月はメモをしつつ、二歳児向けのメニューも調べた。ついでに、子育て中の友人にも連絡をして、質問をしていく。

勉強に没頭《ぼっとう》していると、やっと目が覚めた遼司がやってきた。

「ごめん。眠ってしまって……。毛布ありがとう」

寝起きの遼司はまだ寝たりなさそうな顔をしていた。髪が乱れていて、そんなところも可愛いと思う。

「いいのよ。疲れていたんでしょう？」

「そうなんだ。……あ、勉強してる？」

彼は菜月がテーブルの上に広げているノートを覗き込んだ。

「二歳児のことなんて、何も知らなかったから。情報収集ね」

「僕も調べたけど、メニューまでは調べなかったな」

「わたしが遼司さんより上手くできるのは、料理くらいだから。コーヒー飲む？　淹れるから座ってて」

立ち上がりかけたところを、彼に制止される。

「僕が淹れるよ。何事も協力し合おう。君は情報収集していて」

「判ったわ。後でどんなふうに冬真くんと生活しているのか教えてね」

「了解」

彼はにっこり笑って、キッチンのほうへ向かった。

これから家事と育児を協力し合うとしたら、いくつか基本的なルールを決めたほうがいいかもしれない。

菜月は家族以外と暮らしたことがないから、戸惑うことも多そうだった。恋人同士だった頃とは違うのだ。単なる同棲《どうせい》ならまだしも、小さな子供を交えてのことになるから、全部が初めてのことになるはずだ。

遼司がマグカップを二つ　持って、菜月の隣に座る。

「ありがとう」

微笑みかけると、彼も微笑みを返してくれる。菜月はいつも通りの彼の笑顔を見て、心が和んだ。

昨日は突然別れを告げられて、死にそうな気持ちになっていた。もう二度と愛する人と会えないと思っていたのだ。

けれども、今はこうして以前のような穏やかな時間を過ごしている。

それが嬉しくて、菜月は彼の腕に自分の腕を絡めた。そして、彼の肩に自分の頭を載せてみる。

「菜月……？」

彼は優しい声で名を呼び、菜月の頭に自分の頭をすり寄せるような仕草をした。

ああ、わたしの手の中に幸せが戻ってきた……！

菜月は彼の温もりを感じて、それを確信した。もちろん、これから先、どうなるのか判らない。冬真の育児なんて自分には無理かもしれない。

それでも、今この時、菜月と彼の心は通じ合っている。それだけでも本当に幸せなのだ。

彼が本当に誰かに心を移したのではなくてよかった。そして、自分が彼の言葉に潜《ひそ》む違和感に気づいてよかったと思う。

今朝、無理やりにでもここに押しかけてきてよかった。

彼もきっと同じようなことを思ったのだろう。神妙な声で菜月に話しかけてきた。

「君とこうしているときが、一番かけがえのない時間なんだ」

「わたしも同じよ……」

「君が幸せになれれば、僕はそれでいいと思っていた。でも……君が来てくれて、よかったとも思っている。僕の我儘かもしれないが……」

「ううん。それでいいのよ」

だって、わたしも同じ気持ちなんだから。

「菜月……！」

彼が体勢を変えて、菜月を抱き締めてきた。菜月も彼の背中に手を回し、しっかりと抱き合う。

いつしか顔が近づき、唇が触れた。

二人は互いの唇を貪り、相手の温もりを存分に味わう。昨夜はもう彼と二度とこうして抱き合うことも、キスすることもないのだと思っていた。だからこそ、いつものキスとは違う。いつもよりずっと特別なものに感じた。

離れたからこそ、本当の愛がなんなのか判ってきた気がする。

どんな困難があっても、二人は結ばれる。今、菜月はそう思った。

夢中でキスしているときに、ふと子供の声が聞こえてくる。はっとして、二人とも唇を離して、耳を澄ませた。

かすかに声が聞こえる。明らかな泣き声ではないが、ぐずっているような声だ。

「ごめん、菜月」

遼司は軽く唇を触れ合わせると、離れていった。

慌てて和室に向かう彼の後ろ姿を見て、菜月も気持ちを切り替える。冬真が起きているときは、冬真中心となる。仕方がないというより、当たり前のことなのだ。

菜月も立ち上がり、和室へ向かった。

だって、わたしも母親代わりなんだから。

遼司だけに任せていてはいけない。

和室では、畳の上に座る遼司が、涙を溜《た》めた冬真を膝に乗せて、背中をさすってやっていた。

「どうしたの?」

「何か怖い夢でも見たのかもしれない。シッターさんは昼寝の後はよくこんなふうに起きると言っていた」

「そうなのね……」

母親が恋しいのだろうか。そう思うと、胸が締めつけられるような気がした。

菜月は布団の上に落ちていたくまのぬいぐるみを拾い上げた。菜月があげたものだ。布団に持ち込むほど気に入ってくれていたのだろうか。

「冬真くん、お姉ちゃんのお膝の上においで。くまちゃんもいるよ」

菜月がぬいぐるみを見せて、両手を差し出すと、冬真が遼司の膝からこちらに近づいてきた。冬真の重みが膝にかかり、涙に濡れた目が菜月をじっと見つめてくる。菜月はぬいぐるみを渡して、ギュッと抱き締めた。

温もりが胸に染みとおってくる。なんとも言えない優しさが自分の中から溢れてきて、冬真に静かに話しかけた。

「大丈夫。怖い夢はやっつけてあげるからね。お姉ちゃんは冬真くんのこと、だーい好きだよ」

冬真にその言葉の意味が伝わっているのかどうか判らないが、気持ちだけでも伝わっていてほしいと思った。

今はまだ菜月も子育てに慣れないし、どう接していいか判らないところもある。母親代わりどころか、シッターさんほどにはきっと懐かれていないだろう。けれども、一緒に過ごしているうちに、いつかは頼りにしてくれるかもしれない。

母親のように慕《した》ってくれなくてもいいから。

せめて、親戚のお姉さんくらいには懐いてもらいたい。そして、泣いたときに抱きついてきてもらいたい。

そうしたら、いつでもこんなふうに背中を擦ってあげられるから。

ふと、遼司と目が合う。彼は冬真を抱く菜月を見て、嬉しそうにしている。

「続きは夜にしよう」

一瞬、なんのことか判らなかったが、冬真の泣き声が聞こえる前のことだとすぐに判った。菜月の頬はぽっと熱くなった。

「もう……子供の前でそんなことを言うなんて」

「僕達が仲良くしているほうが冬真も落ち着くはずだ。ね、冬真?」

遼司は冬真の頭を撫でた。すると、冬真が遼司のほうを向いて、不思議そうな顔をする。それがおかしくて、菜月は笑い出した。

「可愛い！　ねえ、写真撮らない？」

「そうだな」

彼は自分のスマホを持ってきて、冬真を抱く菜月の横に座った。そして菜月の肩に腕を回して、スマホを翳《かざ》す。

シャッター音と共に、三人が仲良くしている写真が撮れた。

「冬真、カメラ目線だ」

「本当！　親子みたいに見えるわ！」

「うん、そうだな」

「わたしのスマホにも送って！」

「了解」

　二人ではしゃいでいると、冬真も元気になったようで、菜月の膝から下りた。そして、何か言いたそうにしてもじもじしている。

「どうしたの？　お姉ちゃんと叔父ちゃんにはなんでも言っていいのよ」

　あまり喋らない子だから、何か遠慮でもしているのかもしれない。菜月はできるだけ優しい声で話しかけた。

「……のど、かわいた」

　あまりに小さな声で言われたので、聞き逃すところだった。

「遼司さん、冷蔵庫に何か飲み物が入ってる？」

「牛乳かお茶か水、子供用のジュースもある」

「じゃあ……冬真くん、冷蔵庫を見にいこうか？」

　立ち上がって、手を伸ばすと、その手に冬真が自分の小さな手を滑り込ませてきた。菜月は嬉しくなって、冷蔵庫の前まで手を繋いで歩いた。

　小さなジュースのパックがあり、それにストローを挿すようになっている。冬真がそれを選んだので、三人でリビングのソファに移動したが、テーブルの上に完全に冷めたコーヒーがあるのに気づいて、苦笑いをする。

最初はキスに夢中になり、次には冬真に夢中になっていたのだ。

でも、そのおかげで、なんだかこの一ヵ月間、上手くやっていけるような気がしてきた。本当の親子ではないけれど、親子のように過ごすことはできる。そして、遼司とは以前と同じように接することができることが判った。

頑張れば、きっと上手くいく。

菜月はそう信じることにした。


夕食を作り、三人で食べた。

といっても、やはり冬真中心ということになる。メニューには気を配《くば》ったが、今のところアレルギーもないようでほっとした。

お風呂には遼司が入れてくれて、菜月はお風呂上りの冬真の世話をした。おむつをつけて、パジャマを着せる。年の離れた従兄弟の世話をしたことはあるとはいえ、ここまでのことはしたことがない。冬真がおとなしいから、なんとかできたが、これがやんちゃな子だったら、かなり手こずったことだろう。

そして、菜月が入浴している間に、遼司が冬真を寝かせてくれた。

そんなわけで、菜月が濡れた髪を乾かし終えたとき、すでに冬真は眠りについた後だった。

色気のないパジャマ姿でリビングへ行くと、音量を絞ったジャズが流れていて、遼司が何か本を読んでいる。

「何を読んでいるの？」

近づくと、彼は本の表紙を見せてくれた。それは育児書で、躾のことなどが書いてある本だった。

「躾の本なの？」

菜月は彼の傍らに座りながら尋ねた。

「僕の書斎にはもっといろんな育児書が置いてあるんだ。読みたかったら、いつでも読んでいいから」

「ありがとう。わたしはもっと基本的な育児の方法を知りたいわ」

「子供の相手は僕より上手いじゃないか」

「わたしは相手をするのは上手いのよ。でも、育児って、親戚のお姉ちゃん的な役割ではダメだと思うから……。生活の仕方とか、そもそも冬真くんがどう感じているか、どう思っているか、何ができて何ができないのか、何が好きで何が嫌いなのか……そんなことを考え出すと、だんだん判らなくなってきちゃって」

彼は本を閉じると、菜月の肩に腕を回して、自分のほうに引き寄せてきた。

「考えすぎだよ。菜月はちゃんとやれるよ」

「そうかしら……。冬真くんの小さい身体を見ていると、わたしが何か間違ったことをしてしまったら大変なことになるんじゃないかって心配になるの。冬真くんの心を傷つけたりしないかなって」

「ああ……その気持ちは判るな。姉が冬真にどんなふうに接していたか知らないが、いつも遠慮がちにしているだろう？　子供らしい我儘をあまり言わないし」

「男の子って、とんでもない悪戯《いたずら》をするイメージだったから、女の子みたいにおとなしくて驚いたわ。わたしね、冬真くんには元気いっぱいに笑ってもらいたいの」

「菜月は本当に優しいな」

遼司は菜月の髪を一房摘まんで、キスをする。

「いい香りがする……」

「シャンプーの香りよ」

「僕にとっては、これが君の香りだな。君と別れるしか道はないと思い込んでいたとき、この香りを何度も思い返していたよ」

彼が菜月との別れを決めたとき、未練がなかったわけではないのだと知り、温かな感情が胸に流れ込んでくる。

冬真のため。そして、菜月のため。

彼はそう思い、別れようとしていた。

遼司には社会的地位があり、とても裕福だ。外見もスマートで整った顔立ちをしている。それだけでなく、責任感があり、真面目で優しく、人を思いやる心を持っている。仕事をしているときの彼のことは知らないが、小さかった会社を大企業へとしたのだから、かなりの手腕を持っているはずだ。

本当に尊敬すべき人なのだ。

そんな完璧な彼が、わたしなんかをいつまでも好きでいてくれるのか。

菜月はまったく自信がなかった。菜月が彼を好きでいるのと同じ気持ちを、彼は持っていないのではないかと疑う気持ちが常にどこかにあった。

でも……違っていたんだわ。

彼が自分のどこを気に入っているのか、本当のところを言えば、よく判らない。話が合うとか、気が合うとか、そんなあやふやな理由でデートをするようになったものの、それだけのことで、こんなにも大事に想ってもらっていいのだろうか。

しかし、大事に想ってもらっているからこそ、菜月は彼に愛を捧げたかった。

彼をもっともっと愛し、彼の役に立てるように努力したい。できることなら、もっと好かれたかった。

菜月が遼司に抱きつくと、彼もまた抱き締めてくれる。

「わたし……本当にあなたから離れたくないの……」

「菜月……」

彼は感極まったような声を出して、唇を重ねてきた。

「ん……んん……」

幸せで気が遠くなりそうだった。一度は失ったと思ったけれど、遼司はまた自分の腕の中に戻ってきた。

もちろん、試用期間中ではあるが、それでも今は……。

舌が絡まり、ますます強く抱き締め合う。昼間のキスよりずっと情熱的だった。まさしく唇を貪られているようで、彼は感情が高ぶっているみたいに思えた。

いつも冷静な彼なのに……。

だが、菜月はそれが嬉しくもあった。年齢が離れているせいか、彼は菜月に素《す》の感情をそのままぶつけてくることはなかった。そこが紳士的な態度に繋がっていて、菜月はそんな彼が好きなのだが、少しだけ物足りないと思うこともあった。

彼はまだわたしに対して華奢ではかなげな印象を持っているのかしら。

子供の頃は確かに病弱だったが、今はどちらかというと丈夫なほうだ。そして、一人暮らしも長いし、精神的にも弱いほうではなかった。

ねえ、遼司さん。わたしはなかなか壊《こわ》れたりしないのよ。

菜月はそれを伝えたくて、彼の荒々しい口づけに応えた。彼と同じくらいに強く彼の唇を求め続けた。

身体が火照ってくる。彼を求める気持ちに、全身が呼応していた。いつもより大胆に振る舞っているからだろうか。

遼司が唇を離して、菜月の顔を見つめる。菜月も熱に浮かされたように、熱心に彼を見つめ返した。

言葉はいらない。彼は立ち上がると、菜月を抱き上げる。そして、寝室へと連れていった。

今は使われていないベッドに、菜月は下ろされる。彼が菜月のパジャマを脱がせようと手を伸ばしたところで、菜月はそれを止めた。

「自分で脱ぐわ」

「君が？　自分で？」

菜月は自分から脱ぐのはなんとなく恥ずかしくて、いつも彼に脱がせてもらっていた。どちらにしても裸になるのだから、自分で脱ごうが彼に脱がせてもらおうが、どちらでも同じなのだが、今は自分で脱ぎ去りたい気分になっていた。

いつもより大人の気分だから。

彼にわたしの本気を見てもらいたいから。

菜月はパジャマのボタンを外して、それを脱いだ。彼に見られながら脱いでいると思うと、妙に興奮してくる。

もちろん他の人には見せたくない。遼司にだけだ。

菜月は顔を赤らめながら、パジャマのズボンを脱ぐ。すると、たちまち下着だけの姿になる。レースがついた可愛い下着は、彼のためのものだ。

付き合うまでは、こんな可愛い下着なんてつけたこともなかったのに。

菜月のすべては、遼司と付き合い始めたときから変わってしまったのだ。毎日、いつも頭の中には彼がいるようなものだ。傍にいないときでも、彼のことを意識して、行動していた。

そう。毎日、夢の中にいるような感じだった。

「あ、あなたも脱いで……」

彼ははっとしたようにパジャマを手早く脱ぎ捨てた。黒いボクサーショーツを身につけた彼の身体は引き締まっていて、本当に惚《ほ》れ惚《ぼ》れとする。

菜月は下着姿のまま猫のように擦り寄った。彼に抱きつき、キスをねだるように腕を絡めてみた。滑らかな素肌が触れ合うと、気持ちがいい。

なんだかわたし……彼を誘惑してるみたい。

間近で見つめると、今更ながら彼の瞳がとても綺麗なことを知る。

彼が好き。大好き。愛してる。

胸の奥が熱くなるほど、菜月は遼司へ強い感情を抱いていた。

「いつもと違って、積極的なんだ？」

「だって……別れるところだったと思うと……。あなたの温もりを感じたいの」

「僕もそうだ。君のためだと言い聞かせながら、君が恋しくて仕方なかった」

遼司は耳元で囁くと、菜月の髪をゆっくりと撫でていく。菜月は我慢しきれずに、自分から唇を寄せた。

自分からキスするのは初めてだった。

柔らかい唇に自分の唇を重ねて、舌でなぞってみる。何度もされてきたことなのに、自分でするとなると、妙に興奮してくる。背中がゾクゾクしていて、胸が高鳴った。

頭で彼がしてくれるキスを思い描きながら、再現しているのだから、より不思議な感覚になっているみたいだ。

舌を口の中へと滑り込ませていって、彼と舌を絡める。そのうち、自分がキスをしているのか、それともされているのか、判らなくなってくる。彼のほうが慣れているせいかもしれない。気づくと、逆に菜月のほうが彼にキスをされていた。

彼は菜月の背中に手を回し、ブラのホックを外した。そして、背中を掌で撫でていく。

背筋に沿って、電流が流れるように快感が走っていって、ビクンと身体が揺れた。彼の掌はなんて気持ちいいのだろう。掌だけでなく、とにかく彼に愛撫されると、菜月の身体はすぐに敏感に反応するのだ。

今までもそうだったが、今日は更に感じやすくなっているみたいだ。それはきっと、彼と再びこうして触れ合えることが嬉しいからだろう。

彼はわたしのもの……。

そう思うのは間違いかもしれない。それでも、今、彼の腕の中にいるときは、二人の間にあるものが唯一無二であると思える。

そして、触れ合えることが、菜月にとって何より幸せだ。

彼は唇を離すと、菜月の腕からブラを引き抜いた。乳首がツンと勃っていて、菜月が感じていることを示していた。彼は両手で下から乳房をすくい上げるようにして包み込み、親指でその先端を撫で始めた。

「あっ……ぁん……っ……」

言いようのない快感が身体を走る。

いつも不思議だが、胸を弄られているのに、脚の間が潤んでくる。そして、すぐにもっと感じる部分に触れてもらいたくなってきて、腰が独りでに動いてしまう。

身体の芯が火をつけられたように熱い。

菜月は甘い吐息をついた。

「こんなに可愛いのに、触れると淫《みだ》らになる……」

「あ……ん……あ、あなただから……」

「僕だから？　僕が触れたからこうなるんだ？」

菜月はコクンと頷いた。

恥ずかしいけれど、それが正解だ。他の人には触れられたくない。遼司だけしか触れられたくないし、遼司だからこそこれほど感じるのだ。

「君は……本当に可愛い……。菜月……」

二人はもつれ合うようにシーツの上に倒れ込んだ。そして、また唇を塞がれて貪られる。菜月もそれに必死で応えた。

彼の情熱に抱きすくめられて、菜月は幸福感に酔ってしまいそうになる。

まだひとつになっていないのに、ひとつになったかのような一体感があった。

わたしは彼のもの。彼はわたしのもの。

それが真実でなくてもいい。ただ、菜月にとって、遼司がすべてだった。

このまま彼と一緒に人生を歩みたい。一生、彼の傍にいたい。もちろん菜月だけがそう思っていても、それは叶わないことなのだが。

彼は耳元で囁く。

「君が……愛おしくてならない……」

ドキン。

彼はこれだけ大切にしてくれるのに、あまり愛の表現を直接には言ってこない。だからこそ、『愛おしくてならない』という言葉が、菜月の胸に響いた。

「わたしも……わたしも……あなたのこと……」

菜月はすべて言うことができなかった。彼がその前に耳朶《じだ》にキスをしてきたからだ。菜月はくすぐったくて、彼の抱擁から逃れようとする。しかし、しっかりと抱き締められて、逃れられない。

耳を舐《な》められて、くすぐったいのか、感じているのか判らなくなってくる。

やがて胸を弄《まさぐ》られた。乳首を舌で転がされる感覚は、指で撫でられるよりも優しくて、何故だか余計に感じてしまう。身体中がゾクゾクしてきて、何もかもが甘く蕩けてくるようだった。

不意に、菜月は身体を裏返しにされた。

「えっ……あぁ……っ」

髪をかき分けるようにして、うなじにキスをされる。それから、そのままずーっと彼の唇がまっすぐ背骨に沿って這わせられた。

「はぁ……ぁ……」

うつ伏せにされて愛撫を受けるのは初めてだった。

ゾクゾクしている部分をダイレクトに愛撫された気がした。感覚が乱されて、菜月は思わずシーツをギュッと掴《つか》んだ。

「お、おかしく……なっちゃう……」

「なっていいんだ。いや、もっと乱れてほしい」

彼は菜月のショーツに手をかけ、するっと下ろしていく。今まで何度も下着を下ろされたことがあるのに、自分がうつ伏せだとなんとなく恥ずかしい。ショーツは丸まって、足首から引き抜かれた。

「細い足首だね……」

遼司は何を思ったのか、その足首にもキスをしてきた。

「え……ぁ……あの……」

足首にキスされたのも初めてだった。まさかそんなところにキスされるとは思わなかったから、それだけでも妙にエロチックに感じてしまう。

本当に触れてほしいところは、まったく別のところなのに。

彼はそのまま唇を滑らせて、ふくらはぎのところで一度、唇を離して、再びキスをした。彼は同時に膝の内側辺りを掌でさするように撫でていく。

焦らされている……？

そこまで行けば、菜月はもっと上のほうに触れてもらいたくなってくる。

「膝を立てて」

「えっ……」

どういう意味なのか、ぼんやりした頭では考えることができなかったが、彼が誘導するままに四つん這《ば》いのような状態になった。

彼の目の前でお尻を突き出している。今更ながら恥ずかしくなって、頬がカッと熱くなった。

「や、やだ……」

「どうして？　君の身体はどこも可愛いのに」

遼司は菜月の腰を後ろから抱いてくる。丸いお尻にキスをされ、全身が一気に蕩けるような気がして、上半身を支えている両腕はたちまち力を失くしていく。

熱く痺れている秘部に触れられると、腕がガクッと崩れて、上半身は肘で支えることになった。すると、必然的に彼のほうにお尻が高く突き上げられるようなポーズになる。

けれども、秘裂を指でなぞられる、もう恥ずかしいと思う余裕もなくなるのだ。

ただ、気持ちがよくて……。

たちまち蜜が溢れ出して、彼の指を濡らした。

どんどん中から出てくるのが、自分でも判る。あまりにも感じていて、どうしようもなかった。

菜月が快感に溺《おぼ》れていると、不意に腰が引き寄せられて、秘裂に柔らかいものが触れた。そこにキスをされ、舌で愛撫されていることに気づき、ドキッとする。

いつもされていることなのに、後ろからされると、また感覚が違う。

「あっ……はぁ……ぁっ……」

彼の舌が内部に入り込んできている気がした。指みたいに深く入ってきたりすることはないが、それでも今の菜月には充分だった。

そんなに蕩けきっているのに、更に敏感な芽を指で弄られて、ますます感じ入ってしまう。

感じすぎて、身体がガクガク震えてくる。

快感は強すぎると、逃げたくなるが、もう逃げようがない。菜月は全身が熱くなっていて、今にも達してしまいそうだった。

すぐに限界になってくる
ああ……ダメ！

そう思ったとき、不意に遼司は愛撫をやめた。

「え……ど、どうして……？」

このまま放り出されるのはつらい。思わず後ろを振り向くと、彼が自分の下着を脱いでいるところだった。

ドキッとして、元の視線に戻る。どうやら放り出されるわけではないようだ。だが、それでも身体にはすでに火がついていて、少しの時間もじっとしておくことはできない。菜月は自分の意志ではなく、つい腰を揺らしてしまった。

早くして……と急《せ》かしているみたいだった。

遼司は避妊具をつけると、菜月の腰に両手を当てた。そして、内部へと入ってくる。

「あっ……ん……あん……」

内壁を彼の猛《たけ》ったものが擦っていく。なんとも言えない刺激に、菜月は甘い声を上げた。

後ろからだと、いつもとは感覚が違う。いつもよりもっと深くまでぐっと入ってくるような感じがした。

ぐっと押し込まれて、奥まで当たる。

「あぁんっ……！」

思わず大きな声が出て、菜月は慌てて自分の口を塞いだ。

やだ。恥ずかしい……。

いつも淫らな声は出しているが、奥に当てられたときの快感は今までとは段違いだ。何故だか、獣《けもの》みたいに本能が目覚めてくるような気がして、自分が抑えられるかどうか判らなかった。

遼司が少しずつゆっくりと動き始めた。

「ぁ……ぁ……はぁ……んんっ」

やはり奥に当たると、強い快感がある。表面上な快感とは違い、身体の内部から溶け出してくるような感覚になっていた。

身体の中にあるマグマがドロドロに溶けている……。

たとえるなら、そんな感じだろうか。

やがて彼の動きはだんだん速くなり、奥に当たる衝撃も大きくなっていく。

「あぁっ……わ、わたし……あぁん……っ！」

全身が沸騰《ふっとう》している。

もう我慢できない。菜月はギュッと目を閉じた。

彼がぐっと奥まで突き入れる。すると、強い快感が頭の天辺まで突き抜けていき、菜月は達していた。

彼もまた同じタイミングで達したようで、菜月の背中にもたれかかる。

温もりと鼓動、それから息遣いが伝わってきて……。

快感の余韻に浸りながら、菜月は同時に至上の幸福感も味わっていた。きっと彼もまた同じ気持ちなのだと思う。

やがて遼司は菜月から身体を離した。菜月の身体は支えを失くしたようにシーツに転がり、仰《あお》向《む》けになった。

彼と目が合う。

急に愛おしさが胸に込み上げてきて、何も言えなかった。

遼司は菜月を抱き締めてきて、唇を奪う。

二人の心がひとつになった。

本当のところはどうなのか判らない。しかし、菜月はそう思い、これからもずっと一緒にいたいと願った。

いつまでも……ずっと。

菜月は声に出さずに呟《つぶや》いた。


その夜、二人は別々に眠りについた。

遼司は冬真と同じ部屋に布団を敷いて寝て、菜月は遼司のベッドで眠った。話し合って、菜月用の布団を買い、冬真を含めてみんなで川の字で寝ようということになった。

翌日の日曜は三人で買い物に出て、ランチはファミレスで摂る。冬真にはお子様ランチを食べさせようとしたのだが、あまり食べなかった。二歳の子供には多すぎたのだろうか。けれども、おまけのおもちゃは気に入ったようだった。

菜月はずっと一人暮らしだったから、家事は自分でしてきた。とはいえ、遼司だけでなく、小さな子供がいると、家事の量もかなり多くなる。でも、今のところ苦になるわけでもなく、楽しくできた。

なんとなく、今は親子ごっこをしている気持ちだからだろうか。この生活が続いていくと、また別の気持ちが芽生えてくるかもしれない。

たとえば、家事が嫌になったり……？

育児も投げ出したくなったり？

自分はそうならないという保証はない。何しろ突然、子連れの生活になったのだから、心の負担になってもおかしくないのだ。

問題は……やはり冬真との関係だ。

今はまだ菜月も気が張っている。冬真もそうだろう。子供らしい我儘をあまり言うことはない。借りてきた猫みたいにおとなしい。

でも、そのうち冬真も子供らしい子供になる。いや、なってもらいたい。そのとき、菜月はもっと自然体で冬真に接することができるようになっていたかった。

月曜になり、朝早くシッターが来てくれた。

シッターは優しそうな四十代の女性だった。自分の子育てを終えて、育児経験を活《い》かして働いているのだそうだ。根っからの子供好きという雰囲気で、冬真も彼女には安心感を持っているように見えた。

少し妬《や》いてしまうけれど、彼女なら冬真を任せられる。

菜月は遼司と共に会社へ向かい、いつもと違った気分で仕事をした。すると、昼休みに遼司から菜月のスマホにメッセージが届いた。

『今日、帰りは何時くらいになりそう？』

『定時で帰れるけど』

『それなら、一緒に帰ろう。いつもの場所で待ち合わせだ』

菜月は途端に浮き浮きした気分になった。

家では冬真中心でも、帰るまでの時間、わずかでも二人きりになれる。冬真と一緒にいることが嫌なのではないが、やはりまだ二人でいる時間も大切にしたかった。

そして、彼も同じように考えてくれていることが嬉しい。

いつものカフェに入ると、遼司はまだ来ていなかった。入口から近い席に座り、コーヒーを注文する。間もなくコーヒーが運ばれてきて、菜月は砂糖とミルクを入れた。

一口飲むと、胃の中が温かくなってきて、ほっこりした気分になる。

こうして彼を待つ時間も好きだ。いつも待っている間に、これから彼とどんな話をしようかと考えるのだ。こんなことを話したら、彼はどんな反応をするだろう。どんな顔をして、どんなことを言うだろうか、と。

思えば、遼司と出会ってから、ずっとそうだった。菜月の頭の中には、遼司が住んでいる。つくづく、彼と別れる羽目にならなくてよかったと思う。

彼のマンションに帰ったら、冬真と三人の世界に戻る。いつかは、菜月の頭の中に冬真も住むことになるのだろうか。

今はまだ判らないけれど……。

冬真を引き取りたいと遼司は考えているが、まず彼の姉が戻ってこないことには話が進まない。ちゃんと手続きしなくては、今はただ預かっているという状態で、自分はまだ冬真にとって『よそのお姉ちゃん』でしかないのだ。

いつか、わたしも冬真くんのママになる日が来るのかしら。

今のところ、まだピンと来ない。だが、昨日、冬真を自分の世界に受け入れる決心をしたばかりで、やはりいきなり頭が切り替わることはないのだろう。

少しずつ変わっていこう。

菜月は目を閉じて、遼司が冬真を抱き上げているところを思い描いた。

やはり自分も二人と一緒にいたい。これでよかったのかと心が揺れることはあるけど、三人で笑顔で過ごしたい。

そうよ。冬真くんにはもっと食べてもらって、健康そうになって、明るく元気になってもらいたいんだから。

菜月がそんなことを考えていると、不意に遼司の声が聞こえてきた。

「眠いの？」

はっと我に返り、菜月は目を開けた。すると、遼司が向かいの席に座るところだった。

「あ……いいえ。少し考え事してたの。冬真くんにはもっと食べてもらわなくちゃって」

彼はそれを聞いて、にっこりと笑った。

「そんなふうに考えてもらえて嬉しいよ。僕は料理が下手だからね」

「わたしだって上手いわけじゃないけど……」

「でも、僕よりはるかに上手だ」

昨日、菜月がご飯を作ったら、遼司が片付けをしてくれた。だから、彼は菜月に家事を押しつけたいわけではない。家事も育児もすべて助け合うと決めている。

もちろん結婚して、菜月が仕事をやめれば、また違う状況になってくるだろうが、それでも彼は何もかも菜月に押しつけたりしないだろう。

「今度、冬真くんをどこかに遊びに連れていってあげたいな。ほら、遊園地とか動物園とか。近くの公園でもいいけど。もっと楽しませてあげたい」

「そうだな。僕一人のときは、そこまで頭が回らなかった。おもちゃを買ってくるくらいしか思いつかなくて」

「仕方ないわよ。日頃の世話だけでも大変なんだから」

幼い子供の世話をしたことがない人なら、それができただけでも尊敬に値《あたい》する。しかも、彼はこれからずっと面倒を見続けるつもりでいるのだ。

もしわたしが遼司さんの立場なら……。

親戚の中の、面倒を見てくれそうな人のところに連れていったかもしれない。よく知らない姉の子供、しかも初対面ならほぼ他人みたいなものだ。彼の親戚には人のよさそうな人達がいた。その誰かに面倒を見てもらったほうが、冬真も幸せだと言い訳をしていただろう。

だが、遼司は親戚に丸投げできないほど真面目だ。あまりにも真《ま》っ直《す》ぐすぎて、不器用な生き方のように思えるが、彼のような人だから菜月はこんなにも好きになった。小さな会社だったのに、大企業にまでできたのも、彼についてくる人が多かったせいに違いない。

少なくとも、菜月はそう思っている。

ああ、やっぱりわたしは遼司さんが大好き。愛してる。

こんな素晴らしい男性がわたしの恋人なんだって、大声で自慢したくなってきてしまう。

菜月はコーヒーを飲み、ついにやけてしまう口元をカップで隠した。だが、遼司は目敏《めざと》く菜月の表情に気づいていた。

「なんか笑っているけど、何かいいことでもあった?」

「……違うの。その……なんか幸せだなって思って……」

遼司は蕩けるような顔で微笑んだ。

「うん。僕も菜月と一緒にいるときが一番幸せだよ」

「もう……こんなところで言わないで」

照れてしまって、にやけが止まらなくなってくる。彼みたいな見蕩れるような笑顔ができたらいいのだが、そうできてはいないと思うのだ。

「でも、本当にそう思っているから。冬真のことも大事だが、君との二人きりの時間も大切にしたい」

「ありがとう……」

そう言ってくれるだけで幸せだ。

自分達は結婚しているわけではないが、もし結婚していて子供ができたとして、夫が二人の時間を大切に想ってくれるなら、これほど幸せなことはないだろう。

子供が生まれても新婚みたいに過ごしたいと思っても、実際にはそうはいかないものだという。育児が大変ということもあるが、男女というより家族みたいな感覚になるらしい。

わたし達は家族というより、恋人同士だからなのかもしれない。家族になりたい気持ちもあるから、複雑なのだが。

いずれにしても、二人でいられる時間は以前ほど取れない。それでも、コーヒーを飲む間だけでも、以前と同じ関係でいたかった。

もっとも、冬真が待っているから、グズグズしているわけにはいかないが。

遼司のコーヒーが運ばれてきて、少しの間、他愛《たあい》のない話をした。そして、二人で席を立つ。

店を出てから、菜月は彼の腕に自分の手を滑り込ませた。この腕に掴まることができるのも、今だけだから。

二人は彼の車が停めてある駐車場まで、そんなふうに身体をくっつけて歩いていった。

マンションに戻ると、冬真はリビングでシッターに本を読んでもらっていた。

冬真は遼司と菜月が帰ってきたことに、一瞬嬉しそうな顔を見せたものの、飛びついてくるような素振りは見せなかった。とはいえ、まだあまり慣れていないのだから、そんなに過剰な期待をしても仕方ない。

冬真がもっと素直に感情を出せるように、菜月達も努力するしかないのだろう。

シッターは今日一日あったことを保育日誌のような形で書いてくれていた。たとえば、昼食やおやつをどれだけ食べたとか、散歩に出かけたとか、そういったことだ。もちろん、食べさせたものの内容も書かれている。

とてもいい人で、シッターとしてもかなり優秀だと思う。ただ義務的に面倒を見ているだけでなく、愛情を持って接していることは確かだ。そうでなくては、おとなしい冬真がこんなに懐いたりしないだろう。

彼女の帰り際に、冬真が後追いをするような素振《そぶ》りをする。泣き出すほどではないが、不安そうな表情で彼女のカーディガンの裾を握ったのだ。彼女は冬真の目線まで屈んで、明日また来ると約束してくれて、それで収まった。

菜月はその様子を見ていて、なんだか胸が痛んだ。

自分はまだ二日しか一緒にいなかったし、シッターは子供の扱いが上手だ。冬真が彼女に懐くのは当たり前なのだろうが、いくらシッターが母親のように世話をしてくれるとはいえ、やはりいつかは離れることになる。

それを言ったら、わたしもずっと冬真くんの傍にいられるとは限らないけれど……。

母親に置き去りにされたから、冬真はこんな不安定な身の上でいなければならない。そんな彼に対して、自分ができることはなんなのだろう。平日の昼間は仕事だし、今のところ、困っている遼司に手を貸すことくらいしかできないのだ。

なんだかとても歯がゆい。

けれども、遼司本人でさえ、姉が帰ってくるまでは冬真をただ預かっているだけだ。まして、菜月はいくら家族のようになりたくても、どうしようもない。

早く遼司が冬真を引き取れるようになったらいいのに。

それでも、菜月の立場がただ一時的なものでしかないのは確かだ。

遼司が冬真を抱き上げて、話しかけている。

「今日は何して遊んだのかな？　お天気がよかったから、お散歩に行った？」

「うん……」

冬真は小さな声でそう言った、こくんと頷いた。

「どこに行ったかな？」

「こーえん……」

「公園か。楽しかった？」

「うん……」

小さな声ではあったが、冬真は反応している。ほんの少しであっても、昨日より進歩しているような気がした。

わたしもボンヤリしてはいられないわ！

菜月は二人に近づいて、冬真の手を握った。

「冬真くん！　お姉ちゃん、おいしいごはん作るからね。待っててね」

すると、冬真は少し笑顔を見せてくれて、頷いた。

そう。わたしはわたしのやるべきことをやるだけよ。

懸命にやれば結果はついてくる、とは必ずしも言えないけれど、それでも何もせずにウダウダ考えているよりずっといい。

そうして、菜月は遼司と協力しながら、冬真の世話をして、一日を終えた。


やがて一週間が過ぎ、二週間が過ぎた。

休日には冬真を連れて、買い物に出かけたり、遊園地などに遊びに行った。少しずつ、菜月は冬真を交えた同居生活に慣れ、冬真もまた菜月に少しずつ懐き始めていた。

菜月も遼司も、二歳児の育児について学んでいったことで、世話も手馴《てな》れてきた。

そして、三週間目の水曜日のことだった。

仕事をしている菜月の携帯に、シッターから電話が入った。

遼司とは連絡がつかなかったから、菜月にかけたのだという。冬真が熱を出したので、病院に連れていったほうがいいのではないかという話だった。

菜月は慌てて適当な理由をつけて、会社を早退した。もちろんあまり褒められたことではないが、それくらい居ても立ってもおられず、熱を出した冬真が心配だったのだ。

タクシーで帰り、そのまま待機してもらって、部屋に戻る。冬真は以前より子供らしい振舞いをするようになっていたが、今は赤い顔をしてぐったりして布団に寝ていた。

「冬真くん！　大丈夫？」

菜月とは冬真の額に手を当てた。やはり熱い。午前中からぐずってばかりで、昼食もほとんど食べなかったという。思い返せば、朝も機嫌《きげん》が悪く、朝食もあまり食べなかったのだ。それを深く考えず、いつものように会社に出かけたが、様子が違うことに気づけばよかったと思う。

けれども、そんなことを後悔しても仕方ない。シッターには帰ってもらい、菜月は冬真を抱き上げて、タクシーで病院に向かった。

医者に診《み》てもらい、風邪と言われ、ほっとする。熱が高いので、何か悪い病気なのではないかと心配だったのだ。

ただの風邪でよかった！

診察代《しんさつ》を払うために、菜月は待合室で冬真を膝に抱いて待った。冬真は菜月の肩に小さな手をかけて抱きついてくる。菜月は冬真の背中を優しく擦りながら、話しかけた。

「もう少しで帰れるからね」

そのとき、隣に座る老婦人が声をかけてきた。

「可愛い子ねえ。歳はいくつなの？」

「二歳になったばかりです」

菜月は冬真が可愛いと褒められて嬉しくなり、笑顔で答えた。老婦人は冬真にも話しかけてくる。

「ママのお膝に抱かれていいね」

そのとき、菜月は自分が母親に間違われていることに気づいた。

いや、三人で出かけるときに、家族に見られていることには気づいていた。しかし、こうして『ママ』と呼ばれたことはなかったから、菜月は今更ながら驚いてしまった。

くすぐったい気持ちもあり、何故か後ろめたい気持ちもある。母親面していても、自分は本当の母親ではないからだ。

だが、驚いたことに、冬真は老婦人の言葉に頷いたのだ。

「……うん」

「ママ、大好き？」

またもや、冬真は頷く。

「だいしゅき」

菜月は心の底から喜びが込み上げてきた。

母親ではないが、今は母親に代わる存在として冬真に認識されている。心を込めて世話をしていると、こんなふうに慕ってくれるものなのだろう。

菜月は感激して、冬真を抱き締めた。

「わたしもね、大好きよ。冬真くん」

冬真は照れたように菜月の胸に顔を埋めた。

ああ……なんて可愛いの！

ずっと世話をしていた冬真に愛情を感じることはあったが、本当の母親になりたいと思ったのは初めてだった。というより、本当の母親であったらいいなと思ったのだ。

でも……わたしはただの同居しているお姉ちゃんだから。

しかも、一ヵ月間、試しに同居しているだけだ。自分では冬真の世話をちゃんとできていると思っているし、遼司もそれを認めてくれているはずだが、世話係としてダメだと判断されたら、諦める約束をしていた。

そうだ。自分は限りなく危うい立場にいる。

菜月は三人で暮らすのが楽しくて、本当の家族のような気持ちになっていたし、これがずっと続くような気がしていたのだが、結局のところ、保証など何もない。

天まで舞い上がった後、菜月は地の底まで落とされた気分になっていた。


遼司は重要な会議で携帯をマナーモードにしていたため、シッターからの着信があったことに気づいたのは、ずいぶん経ってからだった。

慌てて電話すると、冬真が熱を出したことと、菜月が早退してきて病院に連れていったことを聞いた。菜月に連絡すると、風邪だったから心配しないようにという返事だった。

それでもなんとか都合をつけて、急いで帰った。

部屋の扉を開けると、中はしんとしている。病院からもう戻っているはずだが、どうしているのだろう。

冬真が眠っているから静かにしているのかもしれないと思い、なるべく音を立てないように和室の戸を開いた。

冬真が小さな布団で眠っているのが見えた。額に熱さましのためのシートが貼ってあるものの、目を閉じて、すやすやと寝ている。そして、その横に菜月が座っていた。

彼女は戸が開いたことに気づいて、顔を上げた。そして、慌てたように目を擦る。

え……？

泣いていた？

「お帰りなさい。気づかなかったわ」

彼女は笑って言ったが、無理しているように見えた。一体、何があったのだろう。冬真はただの風邪だと言っていたし、実際、顔は赤いものの、すやすやと眠っているというのに。

「向こうで話そうか」

遼司が促《うなが》すと、菜月は冬真の布団のずれを直してから立ち上がった。

リビングは灯りこそついているものの、食事の用意もまったくしていないようだった。が、いつも夕食は菜月が帰宅して作っているから、そんなにおかしなことでもなかった。きっと、冬真がぐずっていて作れなかったのだろう。

「ごめんなさい。今からご飯作るわね」

菜月がキッチンに向かおうとするのを、遼司は止めた。

「その前に、冬真の様子を聞かせてくれ」

彼女をソファに座らせ、その隣で話を聞いてみる。あの涙の理由をぜひとも知りたかった。このまま放っておいたら、彼女は心の内を打ち明けてくれないかもしれない。

「シッターさんから電話が来て、冬真が熱を出してるって。あなたと繋がらなかったから」

「僕は会議に出ていて、マナーモードにしていたんだ」

「そうなのね。で、心配だったから急いでタクシーで帰って、病院に行ったの。待合室で隣にいたおばあちゃんが冬真くんに話しかけてくれて……。『ママのお膝でいいね』って。『ママ、大好き?』って。そしたら、あの子、うんって頷いてくれて……。『だいしゅき』って言ってくれたのよ」

そう話しながら、菜月の目にはまた涙が溜まってきた。ということは、これは感動の涙なのだろうか。

遼司自身も胸が熱くなってきて、涙が出そうになってくる。

冬真が菜月のことを母親だと思い、大好きだと言葉にしてくれたことが嬉しかった。本心でなければ、おとなしい冬真がそんなことを口にするわけがないのだ。それに、そのことに菜月が感動してくれることも嬉しい。

やはり菜月と暮らすことを選択してよかった。これは間違いではなかったのだ。

「そうか。菜月のこと、ママだって思うようになってきたのかな……」

「すごく嬉しかったわ。ママに間違われたことも、冬真くんがわたしのことをママのように思ってくれて、大好きだって言ってくれたことも。でもね……わたし、きっと欲張りなんだわ」

欲張りとは、どういう意味だろう。菜月は決して欲張りなんかじゃない。少なくとも、遼司と暮らしていても、こちらの金を当てにして、何か物をねだったりすることはなかった。

「わたし、本当のママだったらいいのにって。冬真くんがわたしの本当の子供だったらいいのに。でも……ママは他にいるし。わたしはママじゃないし。冬真くんとだって、いつまでも一

緒にいられるわけじゃないかもしれない……」

菜月は堪《た》えきれずに涙を流し、嗚咽《おえつ》を洩らし始めた。

そういうことだったのか……！

遼司は菜月の気持ちに思い至らなかったことを後ろめたく思った。

試してほしいと言われて、一ヵ月間、一緒に暮らすことに同意した。それが上手くいっているのに、彼女にはまだなんの言葉もかけていなかった。

もう、とっくの昔に、彼女とこれからも一緒にやっていきたいと思っていたのに。

もちろん菜月の側の気持ちがあるからということもある。彼女のほうが、一ヵ月経った時点で、冬真との生活は耐えられないと言い出す可能性もあったからだ。

それでも、約束の期間を半《なか》ば過ぎたのに、少なくともそれを匂わすような発言さえしてこなかった。

もっと言えば、自分と菜月の気持ちは通じ合っていると、勝手に思っていたのかもしれない。だから、自分が考えていることが、菜月にも伝わっているに違いない、と。

そんなことはなかった。気持ちは言葉にしなければいけない。

遼司は菜月の背中に腕を回して、抱き締めた。

「ごめん、菜月。僕がはっきり言わなかったのが悪かった。僕の気持ちはもう固まっている。君にはずっとここにいてもらいたいと思っているんだ」

「ほ……本当？　わ、わたしが泣いているからじゃ……？」

「違う。元々、僕は君と一緒にいたかった。冬真のことがあって、別れ話をしただけだと知っているだろう？　そして、君は冬真を自分の子のように思ってくれている……。そんな人を手放すはずがないじゃないか！」

遼司は菜月の頬に両手を添えて、彼女の瞳を見つめた。涙に濡れていて、とても綺麗だ。

こんな美しい人を僕は見たことがない……。

顔の造作が美しい女性はいくらでもいる。しかし、こんなにも一心に自分を見つめ返して、愛情をくれる人はいないはずだ。

「結婚してくれ。僕の恋人であり、妻であり、そして冬真や僕の子供の母親になってほしい」

菜月の頭の中に、遼司の言葉が響いていた。

『結婚してくれ』

『僕の恋人であり、妻であり、そして冬真や僕の子供の母親になってほしい』

これはプロポーズ……！

菜月は遼司の瞳を見つめ返していた。

彼の眼差しは真剣で、どこにも嘘や偽《いつわ》りはない。もちろん彼は真面目なのだから、冗談でこんなことを言うはずがなかった。

わたし……彼の奥さんになれるんだわ！

喜びが込み上げてきて、今度は別の涙が流れ落ちていく。

「わたし……わたし……あなたのいい奥さんになれる？」

「当たり前だ。君以上の人はいない。僕こそ、君のよき夫になれるように努力しないといけない」

とんでもない。彼は今も菜月の理想の人だ。自分にとって、これ以上の人はいなかった。彼のすべてが愛おしくて仕方がない。

「嬉しい……！　ありがとう。……あなたに後悔させないようにするから。だから……」

後は涙で言葉にならなかった。

遼司が顎に手を添えてくれて、そっと唇にキスをしてくる。

まるで結婚式での誓いのキスみたいに、厳かで優しいキスだった。彼は唇を離すと、にっこりと笑った。

「少しだけ待っていてくれ」

彼は立ち上がって、書斎のほうへと向かった。ほどなくして、彼は小さな箱を手にして戻ってくる。

「実は、冬真を預かる前に用意していたものなんだ。君の趣味に合わなければ別のものに換《か》えてもいいけど」

箱の中に、ビロード張りの箱が出てくる。どう見てもジュエリーの箱だ。

「開けてくれ」

ドキドキしながら開けると、そこにはダイヤモンドの指輪があった。中央に大きめのダイヤモンドが一個あり、それを取り囲むように小さなダイヤモンドが配置されていている。派手ではないが、よく見ると、とても凝《こ》ったデザインになっていた。

「これ……わたしに？」

冬真を預かる前に購入していたというのなら、その前からプロポーズの用意をしていたということだろうか。どう見ても、これはエンゲージリングだからだ。

「どうだろう？　君はあまり大きなジュエリーは好まないと思ったから……」

「ありがとう！　こういう指輪が欲しかったの！」

菜月は嬉しくて、彼に抱きついた。

「ううん。指輪が欲しいんじゃなくて……あなたにエンゲージリングをもらったことが嬉しいの」

菜月は誤解を招かないように言い添えた。

「僕も喜んでもらえて嬉しい。指輪を喜んでもらえたことじゃなくて、エンゲージリングを喜んで受け取ってもらえたことが」

彼も菜月の意図に気づいたらしく、喜びの理由を伝えた。

こんなふうに結婚生活も自分の気持ちを伝え続けていれば、喧嘩などせずに済むのではないだろうか。そんなことも、ふと思った。

遼司は指輪を手に取り、菜月の左の薬指にそっとつけてくれた。

「よかった。サイズがぴったりで」

サイズは直せるだろうが、菜月は指輪を普段つけないから、サイズをぴたりと当ててくれたのは嬉しかった。偶然かもしれないが、ひょっとしたら神様が二人の結婚を祝福してくれているかもしれないなどと妄想してしまう。

菜月は改めて自分の指にはめられた指輪を見つめる。

指輪は美しい。けれども、それ以上に彼が買ってくれたエンゲージリングだということが、菜月には重要だった。

わたしのために、彼が用意してくれた指輪……。

愛の証《あかし》と呼ぶのは気恥ずかしい。だが、確かにそうなのだ。

菜月は指輪を包むように、自分の指に手を添えた。彼の愛が伝わってくるような気がして、うっとりしてくる。

家にいるときは外しても、外出するときははめていこう。

ふと、菜月は会社のことを思い出した。今日は早退したが、冬真のことがまだ心配だった。

シッターのことは信用しているけれど、やはり自分で面倒を見たかった。

それに、遼司と結婚するにしても、冬真とずっと一緒にいられるかどうかはまだ判らない。それなら、尚更、できるだけ今は冬真の傍にいたかった。

夜だけでなく、昼間も。

「あのね……図々しいかもしれないけど、頼みがあるの」

「なんだ？　なんでも言っていいよ。君が図々しいことを言うとは思わないけど」

「その……会社辞めてもいい？　わたし、昼間も冬真くんのお世話がしたい」

彼はじっと菜月の顔を見ていたが、少し考えながら頷いた。

「もし君が仕事を続けたいと思っていないなら、そうしてもらえると助かる。僕自身、家政婦に育てられたようなものだから……。もちろん感謝をしているが、その人が辞めたときにはとても悲しかったし、淋しい気持ちになった。冬真にそんな想いをさせたくないと思っている」

「わたしも……。それに、恥ずかしい話だけど、今の会社や仕事、そんなにやりたいわけじゃないの。就活しているときはそんなに深く考えていなくて、内定もらえればそれでよかったから。ただ、大人になったからには、社会人として働かなくてはと思っていただけで」

「君はやりたい仕事はなかった？　大学は確か文学部だったっけ？」

「そう。大学受験のときも、仕事のことまで考えてなかった。自分が何が好きなのか、何がやりたいのかもはっきりしなくて」

そんなことを告白するのは本当に恥ずかしい。特に、若い頃から苦労してきた遼司の前では。今になって、自分は親から甘やかされてきたのだと思う。

「でも、君にも好きなことあるだろう？　だから、文学部に入ったんじゃないか？」

「それは……そうだけど」

菜月は本を読むのが好きだった。実家には本がたくさんある。今借りている部屋にもあるが、本棚に入りきらなくなったので、最近は電子書籍を買うことが多い。

「でも、本を読むのが好きでも、それだけじゃ仕事にできないし」

図書館の司書になりたいと思ったときもあったが、司書をやりたいわけではなく、菜月はただ本を読むのが好きなだけだった。それなら、普通にＯＬしながら、趣味として本を読めばいいと思ったのだ。

「そうかな。今時、既存《きそん》の仕事に縛られることはないよ。好きなことを仕事にするというのが、これからの働き方なんだ。普通は『こんなことで稼《かせ》げるわけがない』といったことでも、ちゃんと仕事になる。まあ、それはおいおい考えるとして、今の仕事が好きじゃないなら、すぐに退職の手続きをするといい」

退職届を出したとしても、すぐに辞められるわけではない。一ヵ月は働かなくてはならないだろう。有給はかなり溜まっているから、それを使うという手はある。菜月がしていた仕事の引き継ぎはそんなに難しくなかった。

それに、シッターとの契約もある。すぐに辞めてもらうというわけにもいかないだろう。本当のところを言えば、明日からでも会社を辞めて、冬真と一緒にいたいのだが、現実にはそうはいかない。

「君が冬真の傍にいてくれれば心強いな。冬真ももっと落ち着くだろうし、僕達に懐いてくれると思う」

それは確かにそうだ。養育する人間が変わるのはあまりいいことではない。冬真は母親に置き去りにされて、いきなりここで暮らすようになったから尚更だ。

「そういえば……お姉さんはまだ見つかりそうにないの？」

「探偵に頼んでいるんだが……。警察にも一応、届けてある。子供を置き去りにして失踪《しっそう》して、行き先も判らないと。とはいえ、弟の僕のところに姉自身が連れてきているから、姉は預けたという意識でいるかもしれないと言われた。残念ながら、警察は見つけてくれそうにない」

「そんな……」

「ただし、姉がずっと見つからないなら、そのときは親権《しんけん》の変更の申し立てをするつもりだ」

もし彼の姉が戻ってこないなら、それで構わない。菜月が恐れているのは、彼女が冬真を連れ戻しにくることだった。

だが、彼女が本当の母親なのだから、もしかしたら冬真のためにはそのほうがいいのかもしれないとも思う。もちろん、彼女が冬真を虐待していなければの話だが。

冬真を引き取れない可能性もあると思いながらも、やはり今だけでも傍にいて、子供として本来受け取れる愛情を注いであげたかった。

遼司が冬真と幼い頃の自分を重ね合わせてしまうように、ひょっとしたら菜月も遼司の幼い頃を想像して、冬真と重ね合わせているのかもしれない。だから、傷つけたくない。明るく元気な子供になってほしかった。

「そうだ。菜月のご両親に挨拶に行かなくちゃいけないね」

「あ、挨拶？　そうね……。わたしの両親、突然で驚いてしまうかも。交際していることも言ってなかったし」

「子連れの男は反対されるかもしれないが……」

遼司は菜月の両親に反対されることを想像したのか、渋《しぶ》い顔になった。

菜月も自分の両親がどんな反応をするのかは判らなかった。とはいえ、遼司と会ってみて、反対されるとは思えなかった。遼司の素晴らしさは、菜月が知っている。もし反対されたら、いくらでも説得する自信があった。

「大丈夫よ。遼司さんなら！」

「さすがに僕はそんな楽観視できないけどね」

遼司は苦笑していた。自分のことは判らないものだというけど、彼もそうなのだろう。

「とにかく今みたいに同棲は嫌がられるだろう。先に入籍《にゅうせき》だけして、結婚式は後でやろう。親戚同士の顔合わせは先にやってもいいかな。家族同士と言いたいところだけど、僕の家族は姉と冬真だけだから」

　菜月は頷いた。

「あ……もしかして、わたし、理佳と親戚ってことになるのかしらね」

「ああ、あのときの新婦さんか。そういうことになる。なんだか不思議だね」

　菜月は遼司と顔を見合わせて、微笑み合った。二人とも、あの出会いのことを思い出しているのだ。

「僕達の結婚式で、彼女にスピーチしてもらうといいよ」

「そうね。結衣さんでもいいけど。結衣さんが直接のきっかけだったし」

　彼女がブーケ欲しさに突っ込んでこなければ、菜月もハイヒールでよろけたりしなかったかもしれない。そうしたら、遼司と付き合うことにもならなかったような気がする。

「二人とも、僕達の恩人ということになるのかな。君のご両親が許してくださったら、式場を回ってみようか。どんな結婚式にしたいか、希望ある？」

　結婚式のことをぼんやり夢見たことはあるが、具体的に考えたことはない。こだわる人は海外や本物の教会で挙式《きょしき》したいという希望があるだろう。けれども、菜月が思い浮かべるのは、かつて自分が出席した式だけだ。

「普通でいいわ。……あ、遼司さんはきっと付き合いも広いだろうし、大きな式場でないといけない？」

「僕も特にこだわらないよ。普通でいい。仕事関係の人をあれこれ招待していたらキリがないから」

遼司は社会的地位があり、裕福であるわりに、あまり派手に生活をするタイプではないのだ。元々、それなりに育ちがいいからかもしれない。

でも、菜月は彼のそんなところが好きなのだ。そもそも遼司がセレブのような振る舞いをする人なら、菜月を食事に誘ったりしなかっただろうし、菜月も彼と付き合いたいとも思わなかっただろう。

いや、それよりも、菜月を助けて、世話をしてくれることもなかったと思う。

遼司が今の遼司だから、二人は恋人同士になり、結婚することにもなった。

菜月は再び自分の薬指にはめられたエンゲージリングを見つめた。改めて、彼と結婚するのだという喜びが込み上げてきて、それをじっと噛《か》み締《し》める。

「また泣いてる」

「あ……本当に遼司さんと結婚できるんだって思ったら……」

「そうだね。僕も君と結婚できると思ったら……」

二人は見つめ合う。

彼となら、どんなに苦労も厭《いと》わない。何があっても、彼となら乗り越えられる。

そう信じてる。

「菜月……」

彼の声が掠れていた。

どこまでも優しい人。

いつしか二人の唇は重なっていた。

第五章　幸せを阻む人

翌日、冬真の熱は下がっていた。機嫌ももう直っていて、いつもの冬真だった。

何かあったらまた連絡してほしいとシッターに頼み、菜月は出社して、結婚による退職を申し出た。引き継ぎだけはしてほしいということなので、二週間ほど出社して、後は有給で消化することになった。

辞めると決めると、なんだか妙にすっきりとした気分になる。社会人として会社勤めをするのは当たり前だと思っていたが、よくよく考えれば、世の中にはいろんな仕事がある。会社に縛《しば》られない生き方もあるのだ。

今は冬真を育てなくてはならないし、結婚するのだからいずれ自分達にも子供ができるだろう。しばらくは育児に忙殺《ぼうさつ》されるにしても、遼司が言うとおり、いずれ好きなことを仕事にできたらいいと思った。

そして、次の土曜に二人は冬真を連れて、菜月の実家へ向かった。

その前に電話をかけて、結婚したい人を連れていくと告げたら、母は仰天《ぎょうてん》していた。一瞬、絶句して、しばらく言葉が出てこなかったくらいだ。その後、大騒ぎして、相手のことを根掘り葉掘り訊いてきた。

冬真のことも正直に話したのだが、意外に悪い反応ではなかった。

『その人、とても真面目な人なのね。菜月に似合いかもしれないわね』

後で、遼司にその言葉を伝えると、彼は喜んでいた。

「それなら、真面目だとアピールをしないとな」

彼はアピールしなくても、元から真面目なのだが、本人はそれに気づいていないらしい。外見を含めて、美点がたくさんあるのに、それを鼻にかけるどころか、あまり意識していない。

しかし、そういう彼が、菜月は好きでたまらない。

実家に着くと、遼司と冬真は両親から歓迎された。近距離に住む祖父母や、少し離れた場所に住んでいる大学生の弟の敦《あつし》もやってきて、家の座敷でご馳走《ちそう》を振る舞われた。

冬真は最初、緊張していたようだった。だが、全員から可愛いと絶賛《ぜっさん》されて、おもちゃをもらったり、遊んでもらったりしているうちにすっかり馴染んで、いつもよりずっと楽しそうにしていた。

遼司は冬真のそんな様子を見て、両親に言った。

「子持ちの男を受け入れるだけでも大変だと思うのに、冬真をあんなに可愛がってくださって、本当にありがとうございます」

冬真を膝に乗せておかしを食べさせている母が彼に答えた。

「事情はちゃんと伺っているから、何も気にしなくて大丈夫ですよ。それに、突然、甥っ子の世話をすることになって、遼司さんこそ大変だったでしょう？　でも、投げ出さずにちゃんと面倒を見て、しかもできるなら養子にしたいって……。すごく責任感のある方だと思うわ。そんな方と結婚できるなんて、菜月も幸せ者だわね」

父も母に同意して、頷いていた。

「遼司君、菜月をよろしく頼む。それにしても、なんだか一足先に孫ができたみたいな気分だな。しかも可愛い孫だ」

父は冬真の頭を撫でて、にっこりと笑いかける。冬真は恥ずかしがりながらも、しっかり握っていたミニカーを父に見せた。

「くるま」

「ああ、格好いい車だな。冬真くんは車が好きか？」

「うん」

冬真はミニカーをくれた敦を指差した。

「おにーちゃん、もらった」

「お兄ちゃんがくれたのか。今度こっちに来たときは、おじいちゃんがおもちゃ買ってやるからな」

父はすっかり孫を甘やかす祖父の気分になりきっていた。実は、そろそろ孫が欲しかったのだろうか。

なんにしても、遼司と冬真が菜月の家族になることをみんなが受け入れてくれて、本当によかった。たとえ反対されても自分の意見を貫《つらぬ》くつもりだったが、どうせなら祝福されて結婚したい。

それに、もし誰かが反対していたら、遼司の性格なら認めてもらえるまで結婚は延期しようと言い出したに違いない。そんなことにならなくて、よかったと思うのだ。

だって、わたしは今すぐ結婚したいから。

遼司の正式な妻になり、できることなら冬真のママになりたかった。冬真のことは今すぐ解決できないが、入籍は婚姻届を出すだけでいい。

入籍と結婚式のことも両親に伝えた。今から式場を探すので、式はずいぶん後になるだろうということ。そして、先に向こうの親戚と顔合わせの食事会をしたいということも。

上京することになるので、祖父母にはきついかもしれない。両親と敦に来てくれるよう頼んだら、すぐに了解を得た。

その日は泊まることなく帰ったが、両親からはいつでも泊まりにきてもいいと言われた。冬真のことがすっかり気に入ったようだった。

両親に挨拶を済ませたことで、二人は晴れて入籍した。

冬真のことはまだどうなるのかという不安はあったが、これで菜月は遼司の妻となった。今まで借りていた部屋を引き払い、荷物を持ってきた。といっても、残していた荷物は本と服くらいで、家具や電化製品はかぶるので処分した。

本は遼司の書斎の一角に収まり、服は寝室のウォークインクローゼットに入れる。引っ越しは案外、簡単だった。

会社を退職し、菜月は主婦となった。

今は家事も育児もやるようになり、あまり慣れないから大変だが、冬真とずっと過ごせるのは嬉しかった。

冬真も日に日に自分に懐いてくれて、以前のように警戒したところはなくなった。元々おとなしい性格なのか、元気いっぱいの男の子という感じではなかったが、それでも言葉の数や表現が増え、表情も豊かになってきた。

何より、子供らしい体形になったと思う。笑顔もよく見るようになり、菜月は冬真が笑うたびに幸せを感じていた。

もちろん……遼司と一緒にいられることも幸せだと思う。あまり新婚っぽくはないが、それでも彼が毎日帰ってきて、それを出迎えるのが最高に嬉しい。

夜は、和室で三人で寝ている。以前はよく夜中に目が覚めて、泣いたりしていた冬真だったが、今は安心して朝まで眠れている。そのことだけは本当によかったと思っている。

虐待を受けていたのかどうかは判らないが、初めて見たときの冬真とは全然違う。勝手かもしれないが、できることなら遼司の姉にはずっと戻ってきてほしくない。菜月は冬真の本当のママになりたかった。

やがて顔合わせの食事会の日になり、両親と敦が上京してきた。時間は昼、場所は料亭のようなところで、菜月はこういう場所には慣れていないので、少し緊張してしまう。だが、両親も同じように緊張しているように見えたので、逆にほっとした。

遼司の両親はもういないし、姉も行方不明ということで、叔父夫婦が親代わりとして来てくれた。この叔父の息子が理佳と結婚した相手で、彼らも結衣と一緒にこの食事会に出席してもらう。

理佳には前もって遼司と結婚することは伝えておいたのだが、そのときはずいぶん興奮しているみたいだった。幼馴染で親友同士が今度は親戚になるのだ。友人より近い関係になれるから、菜月も嬉しかった。

理佳は菜月の顔を見るなり、満面の笑みで祝福してくれた。

「おめでとう！　すごいね、わたし達、親戚になっちゃうなんて！」

「信じられないよね。でも嬉しい！」

「あ、この子が冬真くん？」

理佳は身を屈めて、菜月の陰に隠れようとする冬真と視線を合わせた。

「可愛い！　冬真くん、こんにちは」

「……こんにちは」

「わあ、照れてる。ホントに可愛い！　ねえ、菜月。遼司さんとデートするときは、冬真くんを預かるよ。新婚さんだから、二人で出かけたいときもあるでしょう？」

二人で出かけたいなんて、結婚してから考えたこともなかった。冬真がいるのは当たり前で、その冬真を置いて、二人で出かけるなんて可哀想だと思う。

でも……。

結婚前はカフェで待ち合わせして、コーヒーを飲む時間だけ二人でいられて幸せを感じていたことを思い出す。

「そうね。いつか……そういうときがあれば、ぜひ」

いつの間にか冬真中心の生活ばかりしてきた。それが悪いわけではないが、たまに遼司と二人で出かけたほうが、育児ばかりの生活に潤《うるお》いが生まれるかもしれない。

もちろん冬真の世話が嫌だというわけじゃないんだけど……。

結衣にも同じように、デートのときは冬真を預かると言われたし、叔父夫婦もそうだった。

冬真がおとなしくて可愛い子だからかもしれない。菜月の両親や弟も含めて、まるでアイドルのようにみんなからちやほやされて、笑顔を振りまいていた。

食事会の料理はとてもおいしくて、顔合わせも上手くいった。遼司の親戚とはいえ、挨拶したことがなかったのは叔父夫婦だけだったので、そこまで気疲れせずに済んでよかったと思う。

マンションに帰り着いたとき、車の中で冬真は寝ていた。冬真は構われ過ぎて、疲れたのかもしれない。遼司は寝ている冬真を家まで抱いていった。

「今日は疲れただろう？　菜月は着替えて、少し休んでいるといい」

「ありがとう」

「礼なんて言わなくていい。冬真の世話は、本当は僕の役目なんだから」

えっ……それはどういうこと？

菜月は一瞬、言われたことの意味が判らなかった。

自分と遼司は一緒に冬真を育てているつもりだったが、遼司は未《いま》だに菜月の手を借りている状態だと思っているのだろうか。

わたし達はもう結婚しているのに？

菜月はもう冬真を自分の子のように思っていたので、急に疎外《そがい》された気分になってしまった。

彼と冬真は血縁関係があるが、菜月は違う。そのことを意識していなかったため、菜月は現実を思い知らされた気がしていた。

わたしは三人家族のつもりになっていたのに……。

遼司は冬真を抱いたまま和室に連れていく。菜月は慌ててついていき、冬真のために布団を敷いてやった。

「ありがとう。布団を畳んでいたことを忘れていたよ」

「それこそ、お礼なんて言わないで。わたしだって、冬真くんを育てているんだから」

「え……？」

遼司の言葉にカチンときていた菜月は、つい苛々《いらいら》した言い方をしてしまった。彼がぽかんとしているのを見て、菜月は後悔した。

自分が子供みたいに思えてきて、猛烈に恥ずかしくなってくる。言いたいことがあるなら、ちゃんと伝えるべきだ。自分はそれができると思っていたのに、そうではなかったらしい。

「ごめんなさい。変な言い方をしてしまって」

菜月は遼司の顔を見られなくなって、和室を出ていき、寝室へと入った。普段着に着替えて、ベッドに腰かけ、今さっきあったことを思い返してみる。

子供っぽい振る舞いをしたことで恥ずかしくなったとはいえ、碌な説明もしないまま立ち去るなんて、そのほうがよほど子供っぽい。遼司とは歳がずいぶん離れているが、夫婦になったのだから、そんな甘えたことをしていてはいけないと思う。

そうよ。言いたいことがあるなら、ちゃんと伝えないと……。

しかし、遼司が菜月を疎外しているのかもしれないと思うと、やはり悲しくなってくる。二人で協力してやっていくのが当然だと考えていたから、落胆《らくたん》せずにはいられない。無意識に出てきた言葉だからこそ、そこに本音が表れているとも言える。

ああ、でも……。

菜月があれこれ考えていると、急に寝室の扉が開いた。

遼司が音を立てないように入ってきたので、菜月は立ち上がる。

「さ、さっきは本当にごめんなさいっ」

「いや、もしかしたら僕の言い方が悪かったのかな……と思って。何か気に障った？　僕のほうこそごめん」

彼はよく理解しないまでも先に謝ってくれた。ますます自分が子供っぽいような気がしてきて、涙が出てきた。

「菜月……！」

遼司は慌てて駆け寄り、菜月の肩を抱いて、そのままベッドに腰かけた。

「泣くほど嫌なことを僕が言ったんだろうか？　本当に気づかなくて悪かった」

「……ち、違うの……。遼司さん、ずるい……」

「え？」

「わたしが……嫌味《いやみ》みたいなことを言ったのに……。わたしが謝るべきなのに……」

涙声になってしまってみっともない。菜月は慌てて手で涙を拭いた。そして、何とか深呼吸をして、嗚咽《おえつ》を堪《こら》える。

「じゃあ、ちゃんと話してくれないか？　言いたいことがあれば、それをちゃんと伝え合うのが夫婦だろう？」

彼に優しい声で諭されて、菜月は頷く。

菜月は彼の言葉に傷ついたことを話した。疎外された気がして傷ついたのだと。

「わたし……冬真くんを二人で育てるものだと思っていたし、三人で家族なんだって……。でも、わたしはあなたのお手伝いをしているだけなのかなって思ったら……」

「ああ、ごめん。そういうことか！　確かに、冬真の養育は基本的に自分がやらなくちゃいけないことだと思っていた。それなのに、新婚の君に余計な負担をかけているし、本当は迷惑かもしれないと……」

菜月は首を横に振った。

「負担なんかじゃない。そりゃあ……二歳児のお世話は大変だけど。でも、わたしは幸せなの。遼司さんと冬真くんと一緒のこの暮らしが」

「菜月……」

彼は菜月の肩をギュッと抱き寄せた。

「君は本当のママになりたいと言っていたのにね。君の気持ちを疑っていたわけじゃないんだ。ただ、どうしても冬真の世話を君に押しつけたような気がしていたから……」

つまり、彼が真面目だから、冬真の世話は自分が率先してするべきだと思い込んでいたのだろう。ただそれだけのことだったのに、菜月が勝手に傷ついたのだ。

「ごめんなさい。わたしが誤解してた。勝手に拗《す》ねて、嫌な言い方をして、それが恥ずかしくて、逃げ出したの」

「恥ずかしかっただけなのか？　僕がよほど何かやらかして、君を怒らせたのかと思っていたよ」

彼はそう言って、菜月の額にキスをした。その温かなキスに、菜月はまた涙が零れてしまう。

「もう……やっぱり遼司さんはずるい。優しすぎるんだから。わたし、子供みたいなことしたって後悔して、ものすごく反省したのに」

「怒ったほうがよかった？」

笑いを含んだ声に、菜月は彼の大人の余裕を感じた。

「優しい遼司さんのほうが好き」

「僕も優しい君のことが好きだよ」

「わたしは別に……」

「いや、夫の甥を我が子のように可愛がってくれている。君はなんでもないことのように言うけど、まだ手がかかるし、本当は簡単なことじゃない。僕は冬真のことを微笑みながら見つめている君が好きなんだ。僕の奥さんは女神みたいだと思って、胸の奥が温かくなってくる」

女神なんて褒めすぎだ。菜月は照れてしまった。

「わたしは冬真くんを可愛いと思っているだけ。だから、あなたと三人で家族になりたいの」

「そうだな……。親権のことはまだ片づいてないが、もう家族になったんだな」

「二人で協力して、冬真くんを育てたい」

「うん。でも、やっぱり言わせてくれ。菜月、ありがとう……」

遼司は菜月の顔を覗き込むと、頬の涙を拭ってくれた。優しい笑みが間近に見えて、今更ながらドキッとする。

だって……やっぱり彼を愛しているから。

大好きで愛おしい人。

「もしかして、僕達、初めての喧嘩をしたのかな?」

「そうみたい。わたし……もう子供みたいに拗ねるのはやめるわ。大人として、言いたいことはちゃんと言うから」

「ああ。僕もそうする」

遼司はそんなことを誓わなくても、ちゃんとした大人だ。大人として振る舞えるし、人を気遣うことができる。菜月は自分のことを大人のつもりでいたが、子供の面もまだ残っているのだと、今日のことで判った。

もう拗ねないし、一人で反省会を開いたりもしない。伝えれば、彼は必ず応えてくれる人だ。

聞く耳をちゃんと持っている。変に頑固にも意固地にもならず、自分の意見ばかりを押し通したりしない。

　本当に尊敬するところばかりで、菜月は少しでも彼に近づきたかった。

　彼に釣り合うように、精神的にもっと成長しなくちゃ。

「あなたと結婚して、本当によかった」

「そんなに優良物件じゃなかったと思うけど」

　彼はおどけたように笑う。

「ううん。わたしはこの世で一番素敵な人だって思ってる」

「それは買いかぶりだな。でも、そう思ってくれるのは嬉しいよ」

　彼も褒められて照れているようだが、それでも大人の余裕を感じる。菜月のように狼狽《うろた》えたりしない。

「そういえば、結衣のやつに、冬真を預かってあげるから、たまには二人きりでデートしたらと言われたよ」

「わたしも言われたわ。あと、理佳にも。でも、今は冬真くん抜きでいることは、あまり考えられないから」

　遼司は少し考えてから頷いた。

「確かに今はまだ、変に不安にさせたくないし、その時期じゃないと思う。ただ、冬真はみんなから可愛がられて楽しそうにしていたし、会う機会を増やしていって慣れたら、そういうことをしてみてもいいんじゃないかな」

「そうね……。いつかは……」

菜月も遼司と二人きりでいることは嬉しい。冬真の顔がちらつかなければ、久しぶりにデートしたいと思う。

カフェでコーヒーを飲むだけでもいい。多くは望まない。ほんの少しだけドライブするのでもいい。

遼司は菜月の顎を指で撫でた。

「夢見るような表情になってる。何を考えているんだ？」

「二人でカフェにいるところを想像していたの」

「いつものカフェ？」

「そう。待ち合わせで店に入ると、店内を見回すのよ。あなたの顔が見えたら、それだけでいつも幸せになれたわ」

「僕も同じだったよ。君は本を読んでいるときが多かったな。僕が入ってきたのに気づかずに読みふけっていて……」

そういえば、そういうこともあった。逆に、遼司は菜月が店に入ると、すぐに気づいてくれたものだった。

「僕も君の顔が見えたら、幸せだった。本当に……心の中が温かくなったんだ……」

彼は菜月の顎に手を添えた。

思い出が頭を過ぎり、心に沁《し》みてくる。

唇が重ねられて、菜月はそっと目を閉じた。


二人の新婚生活は滞《とどこお》りなく過ぎていった。

一度喧嘩らしきものをしてからは、言い争うことはなく、もちろん菜月が傷ついたり、拗ねたりすることもなかった。

言いたいことは相手に伝える。そのルールを決めるだけで、菜月の心も軽くなった。

冬真はますます元気になり、以前より活発になってきた。我儘を言うこともあり、子供らしい子供になった。最初はあんなに警戒し、怯《おび》えた様子だったが、今は菜月に全力でぶつかってくる。

菜月は悪いことを悪いと叱るが、甘やかすところはとことん甘やかした。可愛くて仕方ないというのもあるが、冬真に不安を感じさせてはならないと思っていたからだ。

今では表情も明るくなった。よく笑い、よく泣いている。公園で遊ぶ友達もできて、菜月にもママ友みたいな人ができた。厳密《げんみつ》には菜月はママではないが、話しているうちに仲良くなり、子育ての相談もさせてもらった。

すべてが上手くいっている。

もちろん遼司との絆《きずな》も揺るぎないものになっている。とにかく幸せで……。

いつの間にか、入籍してから二ヵ月が過ぎていた。

結婚式場も決まり、挙式は半年後に予約を入れた。少しずつ準備をしているが、今はまだ冬真の育児のほうに時間を取られている。

今日も遼司を仕事に送り出した後、家事をしながら冬真の世話をしていた。午前中のうちに公園に遊びに連れていき、帰ってから昼食、そして昼寝をさせると、菜月も一息つく。それから、冬真が寝ている間にしておきたいことをやっておくことにした。

しばらくしたら、冬真が起きてきた。最近はあまり昼寝をしない。これも成長してきたということだろう。眠るより遊ぶほうが好きなのだ。

最初に見た冬真とは、ずいぶん違ってきた。小さいのに感情をあまり出すことがなく、どこか怯えた様子の冬真が、今は遊んだり甘えてきたりする。

菜月は大げさなほど愛情表現をしていたから、遼司もそれを真似《まね》している。抱き締めて、頭を撫でて、褒める言葉をたくさんかけてきた。そのうち、冬真も愛されていることに確信がいったのだと思う。

愛されていると思うから、甘えてくるのだろう。もしかしたら嫌われているかもしれないと思ったら、甘える勇気が出ないものだ。

その点では、自分の子育てはそれなりに上手くいっているのではないだろうか。

菜月は自画自賛しながら、冬真におやつを食べさせる。おいしそうにクッキーを頬張《ほおば》り、牛乳を飲む冬真を眺めて、菜月は目を細めた。おいしそうに食べているのを見るのが菜月は好きなのだ。

よく食べて、よく寝て、よく遊ぶ。これが幼児の生活だ。

もちろん絵本を読んであげたり、ボキャブラリーを増やすようにしてあげたり、知育玩具《ちいくがんぐ》で遊ばせたりもするが、冬真の場合はやはりストレスなく過ごすことが一番大事だと思う。冬真を子供らしい子供に育てることが、菜月の使命みたいなものだ。

夕方になれば、また家事の時間が始まる。菜月はエプロンをつけて夕食の準備を始めた。冬真には子供向きのＤＶＤを見せておく。テレビに子守りさせるのはよくないらしいが、手が空《す》いていないときは仕方がない。

それにしても、最近忙しいせいか、一日が過ぎるのが早い気がする。もう日が暮れて、キッチンから見える窓の向こうに、薄闇が広がってきた。

やがて夜になり、遼司から連絡が入った。これから帰ると。今日はいつもより遅い。

そのとき、インターフォンが鳴り響いた。

画面を見ると、見知らぬ女性がいるのを見えた。ロングヘアーの髪を茶色に染めた、おしゃれな女性で、かなりの美人だ。年齢は三十代後半だろうか。服装からして、配達などの仕事をしている人ではないようだ。

誰だろう。知らないはずなのに、どこかで見たような顔でもある。

ともかく、菜月はインターフォンに出た。

「はい、どちら様ですか?」

『……あなた、誰?』

「えっ……」

他人の家のインターフォンを押しておいて、誰と問いかけられることは思わなかった。菜月が戸惑っていると、相手はようやく何か思いついたようだった。

『ああ、家政婦なの? それともシッター? 冬真の世話があるものね』

冬真の話をされたことで、菜月は彼女が誰なのか判った。

遼司の姉だ……!

なるほど、美人なのも当たり前だ。顔立ちが遼司によく似ている。

「あの、遼司さんのお姉さんですか?」

『遼司から訊いているの? そういうわけで、冬真を引き取りに来たから』

冬真を引き取るって……。

菜月はこの瞬間をずっと恐れていた。本当の母親が冬真を迎えに来て、連れていってしまうことを。

実の母が現れたら、母親代わりの自分など太刀打ちできないと。

でも……実際に彼女と話をしてみて、冬真を引き取るに値《あたい》しないかもしれないと思った。実の母でも育児放棄をするし、虐待もする。どちらもやっていた疑惑がある彼女に、冬真を簡単に渡せるはずがなかった。

引き渡すにしても、彼女がもう二度と冬真の心も身体も傷つけないことが前提だ。

菜月は意外なほど自分が落ち着いていることに驚いていた。遼司がすぐに帰ってくることを知っているからだろうか。

「遼司さんはもうすぐ帰ってきますので、どうぞお上がりになってお待ちください」

菜月はそう言って、オートロックを開けた。

冬真を渡すつもりがなくても、ずっと行方が判らなかった彼女がやっと現れてくれたのだ。菜月は遼司が帰るまで、彼女を引き留めておかなくてはならない。ざっと部屋を見回して、ソファの上に冬真が散らかしたおもちゃや絵本を片付けた。

冬真は何も気づかず、積み木で遊んでいる。母親のことを覚えているのかどうか判らない。覚えていたとしたら、懐かしいと思うか、もしくは怯《おび》えるかもしれない。

最初の頃の冬真に戻ったらどうしよう……。

けれども、実の母親に会わせないなんて、菜月の一存《いちぞん》ではできないことだ。できることなら、冬真のいないところで話をつけたいのだが。

ともかく、来たからには受けて立つしかない。

ドアフォンが鳴ったので、意を決して玄関へ向かう。どういうわけか、今日に限って、冬真がついてくる。まさか追い払うわけにもいかないので、冬真を抱き上げた。

ドアを開けると、すらりとした長身の美女がそこにいた。インターフォンの画面ではおしゃれな雰囲気だと思ったが、どちらかというと服装も含めて派手な感じのほうが強い。子供がいるようには見えない。

「冬真！」

彼女は玄関に足を踏み入れ、菜月にも目もくれずに冬真に手を伸ばしてきた。

「何するんですか！」

菜月も思わず後ろに下がり、彼女に背を向ける。

「あなた、家政婦なんでしょ？　わたしは母親よ！　冬真を連れて帰るんだから」

彼女は冬真の腕を横から掴んだ。

「冬真！　ほら、ママ、約束どおり迎えにきてあげたでしょ？　行くわよ！」

冬真は怖がって、菜月にしがみついている。腕を引っ張られて、とうとう泣き出した。それなのに、彼女は無理に腕を引っ張ろうとする。

「やめてください！　痛がってるじゃないですか！」

「だったら、この子を下ろしなさいよ！　この子はわたしが産んだ子よ！　あなたなんかただの家政婦のくせに！」

「わたしは家政婦じゃありません！　遼司さんの妻です」

「え……」

彼女は驚いたようで、菜月の顔を見つめてくる。

「この間は結婚したなんて言ってなかったわ。一人で暮らしてるって……」

「あのときはそうでした。でも、あなたがふらりと行方を眩《くら》ましてから結婚したんです。わたしと遼司さんで冬真くんを大事に育ててきました。とにかく……いい加減、手を離してもらえませんか？　母親なのに、痛くて泣いているのが判らないんですか？」

彼女ははっとしたように掴んだままの手をようやく離した。菜月はほっとして、冬真をあやした。泣いているし、それ以上に怖がっている。

当たり前だ。冬真の平和だった世界が脅《おびや》かされたのだ。

「……何よ。ママでしょ？　忘れたの？」

彼女は冬真がこんなにも激しく泣いて拒絶するとは思わなかったのだろう。いきなり何も告げずにふらりといなくなったのと同じように、またふらりと連れていくつもりだったのか。彼女は冬真が自分の言うことを聞かないことにショックを受けていたようだった。

そういえば、最初に会ったときの冬真は警戒していたが、あまり自己主張もしないおとなしい子だった。

子供らしさがないと思っていた。冬真をそんな子にしたのは、彼女なのだと思うと、腹立たしくなってくる。

「とにかくお上がりください。遼司さんもすぐに帰ってきますから」

「わたし、遼司には用事はないの。ただ冬真を返してもらいたいだけよ」

「遼司さんと話してください。物じゃあるまいし、勝手に子供を置き去りにしたり、取り返したりできないはずよ。子供にだって感情も意志もあるんだから」

菜月は少しきつめに言った。

この人にはこれくらい言ってもいい。日頃はきつい言い方をしたりしないが、冬真を守るためなら仕方ない。

彼女は仕方なさそうに靴を脱いだ。菜月は冬真を抱いたままリビングへと案内した。冬真は菜月にしっかりしがみついていて、顔を伏せている。こんなにも怯えているのだと思うと、菜月は胸が苦しくなってくる。

冬真は一度も母親を恋しがったことはなかった。会えて、嬉しがるどころか、怖がっている。全身で菜月にしがみついていて、絶対に離れたくないという意思表示をしているのだ。

だったら、わたしも冬真を渡したくない。

本当の親子の仲を裂《さ》くのはどうかと思うが、やはり彼女の態度や言動からは、冬真を思いやる心が見えない。やはり、育児に不向きな人はいるのだから、一番大事にするべきなのは冬真のことだ。

彼女はリビングに足を踏み入れると、ソファにどっかり座り、脚を組む。綺麗な人なのに、がさつな動作や仕草をするからもったいない。

「ずいぶん広い部屋じゃない。遼司と前に会ったときに住所は聞いていたんだけど、こんな高そうなマンションだと思わなかった」

高そうなというのは、高層マンションというわけではなく値段のことだろう。

「遼司さんはあんな大きな会社のＣＥＯですから。……コーヒーでもいかがですか？」

一応、飲み物のことを尋ねてみた。すると、彼女はいきなり立ち上がって、サイドボードの中を覗きにいった。

「あ、わたし、これでいいわ。一人で勝手にやってるから」

キャビネットを開けて、ウィスキーとグラスを出している。子供を連れて帰りたいと言っているのに、お酒を飲むのだろうか。菜月は驚きすぎて、声も出なかった。

「突っ立ってないで、氷くらいちょうだいよ」

彼女はそのままソファに戻った。菜月はようやく気を取り直して、冬真をダイニングテーブルの幼児用の椅子に座らせた。冬真はまだ不安なようだったが、もう泣いていなかった。けれども、泣くのを我慢している様子に、菜月は胸が締めつけられる想いがした。

冬真だけは守らなくちゃ……。

菜月は氷をアイスペールに入れ、ソファのテーブルに持っていった。彼女は無言で氷をグラスに入れて、ウィスキーを注いでいく。

「あの……わたしは菜月と言います。よかったら、名前を教えていただけますか？」

「……弓絵《ゆみえ》よ」

「弓絵さん……お義姉《ねえ》さんのほうがいいですか？」

「名前のほうがいいわ。初対面で『お義姉さん』なんて呼ばれたくない。それに、会うのは今日限りかもしれないし。遼司とだって、両親の離婚以来、ほとんど会ったこともないのに。親しみも何もないわね」

「それなのに、どうして遼司さんに冬真くんを預けたんですか？」

その質問に、弓絵は肩をすくめて、グラスに口をつけた。そして、ふーっと深い息をつく。

「あなたには関係ないでしょ？」

確かにそうかもしれない。菜月は直接、彼女と関わり、冬真を預けられたわけでもないのだから。

「判りました。では、お話は遼司さんが帰ってからで」

「まあ、わたしは冬真さえ連れて帰れれば、それでいいんだけどね」

後のことも考えず、あっさり置き去りにしたというのに、どうして急に連れて帰りたくなったのだろうか。そこまで愛情深く育てていたようでもないのに。それどころか、子供も懐いていないし、虐待の疑いもある。

一体、どういうこと……？

今だって、冬真の話すらしない。冬真の様子を窺うわけでも、冬真に話しかけるわけでもない。今現在、とても愛情があるようには見えない。というか、興味もないようだ。普通、三ヵ月も別れていたら、その間はどうだったのか気になるものではないだろうか。

そう。この三ヵ月、彼女はどこにいたのだろう。探偵に調べさせていたのに行方が掴めなかった。知りたくて仕方ないが、それを尋ねても、答えは返ってこないだろう。彼女にとっては、菜月は『関係ない』存在でしかないのだ。

それでも、遼司と話す気はあるらしい。それだけでもよしとしなければ。

菜月は彼女を放っておいて、冬真の傍へ行った。冬真はすぐにまた両腕を伸ばして、抱っこしてもらいたがる。

だが、冬真の気持ちは嫌というほど判る。菜月は冬真を抱き上げて、お気に入りのミニカーを握らせた。

さて。これからどうしよう。

そう思ったとき、玄関の扉が開く音がした。遼司が帰ってきたのだ。菜月は冬真を抱いたまま、すぐに玄関へと向かった。

遼司は玄関にある見慣れないハイヒールに気がついた。

「誰が来ているんだ？」

「お義姉さんよ。冬真を連れていきたいって。さっき来られたの」

遼司はそれを聞いた途端、眼差しが鋭《するど》くなった。

「判った。君は冬真と和室のほうにいてくれないか？」

菜月は頷いて、冬真を和室に連れていった。冬真はまだ抱きついていて、菜月が畳の上に座っても、膝から下りる気配がなかった。

こんなに自分の母親を怖がるなんて……。

菜月は冬真の背中を撫でて、話し合いが上手くいくことを祈った。


遼司は久しぶりに姉の顔を見た。

弓絵は三ヵ月前とあまり変わりはなかった。変わったといえば髪の長さくらいだろうか。綺麗にパーマがかかった長い髪を見ると、あまり清潔感はない。この髪を後ろでくくって育児をしているイメージが湧かなかった。

いや、それだけで冬真の母親として失格だと言うつもりはないが。

おしゃれな母親がいてもいい。逆に、おしゃれをすることまで気が回らなくて、髪を振り乱していてもいい。大事なのは、子供を想う心だ。

冬真と再会しても、興味がないのだろうか。ウィスキーを飲んでいる彼女の頭の中にあるのは、我が子のことではないように見える。

「姉さん……今までどこにいたんだ？　何故、あのとき何も言わずに、冬真を置き去りにしたんだ？」

弓絵は肩をすくめた。

「だって、言ったら、引き留められていたでしょう？　そんなの困るから。あそこに置いていけば、遼司がなんとかしてくれると思ったのよ。なんといっても、血は繋がっているんだからね。それに、遼司はお金持ってるし。お金があれば、なんとでもなる。家政婦でもシッターでも雇えば済むってね。実際そうだったでしょう？」

ふと、彼女は顔をしかめた。

「そういえば、さっきの人、本当に奥さんなの？　本当は家政婦なんじゃない？」

「いや、本当に妻だ。結婚したんだ。冬真がいることを知った上で、プロポーズを受けてくれた」

「ああ、冬真の世話を押しつけたのね？　家政婦みたいなものじゃない」

どうしてか菜月を何か貶《おとし》めたいような意図があるように感じた。ひょっとしたら、冬真を巡って、菜月と何かやり合ったのかもしれない。菜月は当然、冬真を守ったはずだ。

「押しつけたつもりはない。僕もできる限り世話をしてきた。それより、どこに行っていたんだ？　なんのために、冬真を置いていったんだ？　生活が厳しいとは零していたが、それだけなら、援助してやれたのに」

「贅沢させてくれる人を見つけたのよ。でも、その人はわたしに子供がいるなんて知らなかったから、連れていけなかったの」

つまり、シングルマザーであることを隠して、男と付き合っていたのか。遼司は怒りが湧いてきた。やはり彼女は母親であることを女性であることを優先したのだ。

「僕は探偵を雇ってまで捜していたのに、見つからなかった。一体、姉さんはどこにいたんだ？」

「彼がアメリカにしばらく滞在するから、ついていったの。どのみち冬真はパスポートも持っていなかったし、連れていけなかったわ」

パスポートのことを言い訳のように言ったが、結局、その男とは子供がいることを知らせず付き合っていたのだから、最初から連れていく気はなかったに違いない。

弓絵は男と贅沢な暮らしがしたいために冬真を捨てた。

つまり、そういうことだ。

遼司は何か深い訳があるかもしれないと思っていた。たとえば貧しいが故に働かなくてはならないとか。はたまた育児ノイローゼなのか……もっと言えば、自分で命を絶ったのかもしれないとまで考えた。

もっとも、最後に彼女と会ったとき、少し挙動不審《きょどうふしん》とは思ったが、何か思いつめている様子はなかった。

ともかく、彼女にはさして深い理由もなく、単に冬真が邪魔になったから、疎遠だった弟に押しつけたのだ。遼司が面倒を見る気がなかったら、冬真は施設に行くことになったかもしれないが、それでもよかったのだろう。

ただ邪魔だったから……。

遼司はそれが許せなかった。自分自身も幼い頃に家政婦任せにされたからだ。実際、母は遼司が邪魔だったから、離婚のときも置いていった。

もちろん、母と遼司の関係を弓絵と冬真の関係に投影するのは間違っている。しかし、どうしても遼司には母と姉の言動がかぶって見えた。

そして、だからこそ、余計に怒りを感じてしまう。

「アメリカにいたから、見つけられなかったんだな。それで、冬真を捨てたなら、どうして今になって連れていこうとしているんだ?」

「……自分の子供だもの。そりゃあ、恋しくなったのよ。だから、連れていくわ。今まで面倒を見てくれて助かったわ。じゃあ、そろそろ……」

彼女は強引に話を終わらせて、ソファから立ち上がった。何か都合の悪いことを訊かれたからに違いない。

「待てよ、姉さん。勝手に置き去りにして、勝手に連れて帰るなんてことは許されないんだよ」

「どうしてよっ？　あの子はわたしの子供よ！　わたしだけの子供なんだから！　あの子、どこにいるの？　返さないなら誘拐で訴《うった》えるからね！」

弓絵は他の部屋へ冬真を探しにいこうとしていた。だから、遼司は彼女の背中に向かって、鋭い言葉を投げた。

「姉さんは冬真を虐待していたんだろう？」

彼女は動きを止めた。

「……そんなわけないわよ。虐待なんて……」

声はさっきと違って弱々しい。明らかに身に覚えがあるようだ。

「風呂に入れようとして脱がせたら驚いた。痣はあるし、何より痩せすぎていた。いつも怯えているし、言葉もあまり出ない。幼児のことは判らないから、病院に相談したよ。医者は虐待じゃないかと言っていた。一応、診断書ももらっている」

彼女は勢いよく振り返った。

「どうして病院なんて行ったのよ！　誰がそんなことまで頼んだのよ！」

怒りの表情をたたえている。美人が台無しだが、本性が剥《む》き出しになった感じで、こんなふうに我が子に接していたのかもしれないと思うと、冬真がずっと怯えたり、警戒していた気持ちも判る。

「頼まれてないよ。世話をすることもね。何も頼まれていないから、勝手に連れ帰って、勝手に病院にも連れていった。言っておくが、警察にも相談してある。姉が何も言わずに子供を置き去りにして行方不明になったけれど、虐待していた疑いがあると」

「し、知らないわよ。わたしは何もしてないいんだから……。遼司が虐待したんじゃないの？」

「そういう言い逃れができないように根回し済みだ。探偵は姉さんの居場所だけは特定できなかったが、いろんなことを調べ上げてくれた。姉さんは離婚したと言っていたのに、実は一度も結婚したことがないことも」

「それは……」

遼司は弓絵と離れて育ったため、彼女のことは何も知らなかった。しかし、この数ヵ月間、探偵から徹底的に調べてもらった結果、いろんな事実を知った。

弓絵は大学を中退していた。当時交際していた男に浮気されたことが原因で、事件の加害者になったからだ。示談《じだん》したことで起訴《きそ》は免《まぬが》れたが、その代わり多額の示談金を払わなくてはならなかった。

彼女は夜の店で働くようになった。父に援助の要請が来たそうだが、弓絵が成人していたことを理由に断ったという。会社もその頃は業績がよくなく、それどころではなかったのだろう。

弓絵は示談金を支払い終えた後も夜の店でずっと働いていた。金遣いは荒くなり、父の遺産もすぐに使い果たした。その間も、いろんな男と付き合ったり別れたりの繰り返しだった。店の客と不倫したり、ホストに貢ぐこともあったという。

弓絵は冬真の父親のことを訊かれて言《い》い淀《よど》んでいたが、すぐに開き直った。

「あの子の父親は認知してくれなかったのよ。子供ができたんだから結婚してくれると思ったのに、産んだ後にわたしを捨てたのよ」

「その代わり、かなりの額の養育費を一括《いっかつ》でもらったと聞いた。冬真を放り出して、男についていったところを見ると、その金はすぐに使い果たしたんだろうな」

冬真の父親は店の客で、既婚者だった。弓絵に対する慰謝料は、男の妻が請求した慰謝料と相殺になったらしい。

その養育費を使い込んだ弓絵は、冬真を託児所《たくじしょ》に預けて、夜の店で働き始めた。そして、きっと今度も店の客とアメリカに行ったのだろう。冬真を託児所に置き去りにしなかっただけでもましなのだろうか。

弓絵のことすらよく知らない遼司の許に黙って置いていったのはひどすぎるが、それでも、冬真にとってはこれがラッキーなことだったと思いたい。だが、ハッピーエンドを迎えるためには、なんとしてでも冬真の親権を手にしなくてはならない。

理想としては、冬真を養子にしたい。そこまで話が持っていけるだろうか。必要なら金を出してもいいと、遼司は思っていた。もちろん子供を買うような真似はできるならしたくないのだが。

最悪でも、弓絵の手に冬真を渡してはならない。彼女が歩んできた人生と虐待疑惑を鑑《かんが》みて、冬真は彼女にだけは養育されてはならないのだ。

親子の間を裂くような真似は、本当はしたくないが仕方ない。

弓絵は腕を組んで、遼司を睨《にら》みつけてきた。

「あんなお金なんか……！　シングルマザーが生きていくのがどれだけ大変だと思うの？　遼司になんか判るはずがない！　こんな立派なマンションに住んでいるくせに」

「冬真が大学を卒業するまでの養育費をもらっておきながら、たった二年で使い果たすなんてどんな贅沢な暮らしをしていたんだろうと思うよ。そもそも、それは冬真のためのものなのに」

「うるさい！　仕方ないでしょ！　子供なんてお金も手もかかるし、産まなきゃよかったって何度も思ったわ」

結局、それが弓絵の本音なのだ。父親にしてみれば、養育費は手切れ金代わりなのだから、弓絵がどう使おうが関知しないということだろう。それでも、ひどい話だ。彼女こそ最近まで身の丈に合わないマンションを借りて、住んでいたのだ。

いくら金があっても足りなかったと思う。セレブ気取りで身なりに金をかけていたという情報もある。次の男を捕まえるために容姿を磨《みが》いていたのかもしれない。

弓絵が母親失格なのはどうでもいい。今は冬真を連れていかせないようにしなくてはいけない。

「産まなきゃよかったとまで思うなら、どうしてまた冬真を連れていこうとしているんだ？」

弓絵はひどく不機嫌そうに顔を歪めた。

「そんなの、遼司には関係ないでしょ」

「関係ある。姉さんは冬真を捨てた」

「す、捨てたんじゃないわ！　ただ預けただけじゃない！」

この期に及んで、あの状態を預けたと言うのか。遼司は呆《あき》れてしまった。あのときの冬真は不安そうな目をしながら、じっと耐えていたのを思い出す。

「冬真と一緒に置いていかれた荷物はほんの少しだった。着替え一組とおむつ二枚、子供用のお菓子とジュースだけだった。僕は冬真のアレルギーの有無も知らなかったのに」

「母子手帳と保険証は入れておいたでしょ」

「それもなかったら、誕生日さえ判らなかったよ。とにかく、姉さんは冬真が邪魔だったから置いていったんだろう？　今更、冬真が恋しくなったなんて嘘に決まってる」

弓絵はムッとしたように言い返してきた。

「どうして嘘なんて言うのよ！　わたしはわたしなりにあの子を一人で育ててきたのよ」

確かにそうかもしれない。発育はよくなかったし、問題だらけだったが、ちゃんと二歳までは育っている。

「赤ん坊の頃はシッターを雇っていたそうだな」

「だって、わたしは忙しかったんだから……。いつもじゃないわよ。必要なときだけよ」

これが言い訳だということは、彼女も判っているだろう。遼司は冬真を養子にするための材料を探すつもりで、できる限りのことを調べ上げたのだ。

「必要なときが毎日だったんだな」

「息抜きが必要だったのよ！」

「ほら、本音がどんどん洩れてくる。育児は息抜きしたいほど大変だったんだろう？　さあ、言ってみろよ。冬真を連れていきたい本当の理由はなんなんだ？」

遼司は弓絵を追い込んだ。

正直、弓絵は冬真を捨てたのだし、もう引き取りに来ることはないと思っていた。遼司はただ彼女を見つけて、冬真を養子にする手続きをしたかっただけだ。

それなのに、わざわざ迎えにきて、連れていくという。それも強引に。

これは何かあると思わざるを得ない。

「冬真を無理やり連れていこうとするなら、警察に訴える。虐待する母親がいると」

脅しをかけると、弓絵はムスッとしながらようやく答えた。

「今のカレが冬真を養子に欲しいと言うから」

「その人は姉さんに子供がいるなんて知らなかったんじゃなかったかな？」

「彼とはもう別れてるわ。帰国して、また夜の店で働いていたら、別の人に知り合ったの。その人は裕福で独身なのよ。子供ができない人だから、跡継《あとつ》ぎが欲しいって。わたしに男の子がいるなら、結婚してもいいと言ってくれているの」

遼司は心底呆《あき》れ果《は》ててしまった。今更、冬真が恋しいと言われても、まったく信用できなかったが、予想を上回るくらいのひどい理由だった。

「冬真を売るつもりなのか？」

「まさか！　売るんじゃないわ。でも、わたしも苦労してきたし、そろそろ幸せになってもいいと思うのよ」

頭が痛くなってきそうだった。あまりにも身勝手な考えだ。冬真は物ではないのだ。心を持っている一人の人間だ。一度手放したくせに、自分が幸せになるために取り戻したいと思っているなんて許せない。

今になって、遼司は弓絵と連絡を取り合っておくべきだったと反省した。連絡していれば、弓絵がシングルマザーになったことも、子供を邪険《じやけん》にしていたことにも気づいていただろう。

もっと早く冬真を救ってやりたかった。シッターがいたとはいえ、二歳になるまで、弓絵のような人間と暮らしていたなんて、きっと地獄のような生活だっただろう。

遼司は胸が締めつけられるような気がしていた。

ますます冬真を弓絵から引き離す決心を固めることになった。

「姉さん……残念だが、そんな計画は諦めてもらわなくちゃいけない」

「どうしてよ？」

「僕が冬真を引き取るからだ。僕が養子にする」

彼女はしばし驚いたように口をぽかんと開いた。

「……そんなこと、できるわけないじゃない。だって、冬真はわたしの子よ」

「不運にもね。でも、姉さんは冬真を虐待したんだろう？」

「してないって。そりゃあ、言うことを聞かないときは、少しくらいは叩いたりしたかもしれないけど。そんなの、躾でしょ？」

「太腿に痣があった。つねられたような感じの痣だ」

「まあ、少しくらいはつねったかもね。でも、冬真が悪いのよ。ちょっとくらいお腹《なか》が痛いからって、泣いたりして」

遼司は怒りで爆発しそうになっていた。

虐待を疑っていても、自分が産んで、曲がりなりにも二歳まで育てた子供を、そんな理由で痛めつける親が本当にいるとは思えなかったからだ。いや、たとえ他人の子であっても、よく言葉も喋れない幼い子を叩いたり、つねったりはできない。

遼司は両親が離婚するまでの姉のことを思い出そうとしていた。

弓絵は確かに弟の遼司に優しいとは言えなかった。遼司が泣けば、馬鹿にしてきた。悪口を言われることもあったし、無視されることもあった。しかし、大人になっても似たようなこと、いや、それ以上のことを我が子にしていたなんて本当にあり得ない。

「お腹が痛いというより、お腹が空いていたんじゃないか？　あまり食べさせてなかったとしか思えない」

「シッターを雇えなくなったから仕方なかったのよ。わたしだって忙しかったし。とにかく、これからはそんな心配はないわよ。冬真はお金持ちの子として育つの。カレの財力なら何人もシッターを雇えるわ」

「自分で面倒を見る気もないってことか。可哀想に……」

「でも、幸せになれるわよ。わたし、離婚のとき母さんについていって損をしたわ。父さんと一緒にいれば、もう少しマシな人生を送れていたはずだもの」

遼司はほぼ家政婦が育ててくれたようなものだから、弓絵の言葉を聞いて、吐き気がしてきた。母もまた弓絵と同じように、裕福な家庭なら誰が育てようが、幸せになれるものだと信じていたのだろうか。

だが、虐待するような親に育てられるくらいなら、シッターに丸投げされたほうがまだいいかもしれない。少なくとも、食べさせられないということはないだろうから。たぶん最低限の健康管理もしてくれるだろう。

「貧乏だったように言うが、母さんが離婚のときにどれだけの金を持っていったのか、父さんが亡くなる間際に聞いたよ。姉さんの養育費もかなりもらっていたはずだ」

「でも……母さんに何かねだる度に、うちにはそんな余裕はないって撥《は》ねつけられていたわ。いつも惨めだった。だから、わたしは貧乏が嫌いなのよ」

結局、母も姉と似た者同士だったのだろう。自分が贅沢して、養育費も使い込んでしまったのではないだろうか。

こんな調子なら、弓絵がその裕福な男と運よく結婚できたとしても、贅沢をしていれば、結局は離婚する羽目になるのかもしれない。

もし冬真がその男の養子になったとしたら……？

遼司はそれこそ我が子のように冬真を育ててきた。その期間は少ないが、愛情は弓絵よりある。菜月も同じだ。

そんな我が子同然の冬真を、悲しい目や苦しい目に遭《あ》わせたくない。そもそも、その男が冬真を気に入るかどうか判らない。冬真は弓絵に連れていかれたら、また怯えて警戒するような態度を取るだろう。なかなか懐かなければ、邪険にされるのは目に見えている。

もしその男がとてもいい奴《やつ》だったとしても、遼司はもう冬真を自分の目の届かないところへ行かせたくなかった。

弓絵は確かに冬真の母親だ。けれども、やはり母親の資格がないと思う。

親子の仲を裂きたいわけじゃないが……。

遼司にはまだほんの少し躊躇う気持ちがあった。遼司は幼い頃、家政婦任せにされていながらも、母を慕う気持ちも少しはあったように思う。もし冬真もそうなら、冬真のために母親との絆を徹底的に断つ真似はしたくない。

彼女が冬真の親権を譲《ゆず》るか、もしくは養子に同意してくれればいいのに。

しかし、それは無理なようだった。彼女の頭の中には、裕福な男との将来がある。そのためには、冬真を連れ帰る必要があるのだ。

「父さんはあの大きな家もすぐ手放した。姉さんが思っていたほど裕福な暮らしをしていたわけじゃない」

「遺産の額も大したことなかったものね」

「また金の話か……」

「お金は大切よ。お金があれば、冬真だって幸せになれる」

遼司はうんざりしてきた。弓絵の頭の中には、結局、金のことしかないのだ。冬真も金蔓《かねづる》を掴むための道具として利用しようとしている。

「とにかく、冬真はわたしの子なんだから連れていく。遼司は実の親子を離れ離れにさせるつもりなの？　それこそ、許されないと思うわ」

そこを突かれると弱いのが、弓絵にも判るのだろうか。しかし、彼女の言動を考えると、やはり信用できない。冬真のためには自分と菜月の許にいたほうが絶対いいと思う。

「僕達は冬真の心をやっと開かせたんだ。姉さんは子育てに向いてないいんじゃないか？　冬真のことを考えたら、僕達が育てたほうがいい」

遼司は弓絵を説得しようとした。だが、どうしても彼女は納得しない。

「そりゃあ、あの子を置き去りして悪かったと思うわ。躾もやり過ぎたかもしれない。でも、あのときは育児ノイローゼになりそうだったのよ。そういうことって、親ならあるでしょう？」

「いや、でも……」

「ねえ、遼司。今までのことは反省してる。確かに母親として至らない点もあったし、育児も向いてないのかもしれない。でも、わたしが産んだのよ。産みの母親なのよ。今度はシングルマザーじゃなくて、頼りがいのある旦那様もいる。そんな環境なら、わたしにだってちゃんと子育てができるわ」

もちろんそんな話を信用したりしない。だいたい、アメリカから帰国してからも、冬真に会いにも来なかった。本当に母親の自覚があるなら、せめて連絡するべきだろう。それをしなかったのだから、やはり冬真を捨てたのだと思う。

「お願い。わたしに必要なのは、子育てする環境だったのよ。あの子だってママが恋しいんじゃない？　本当のママが育てるべきだと思うでしょ？」

弓絵が遼司を説得する戦法を変えてきたのは判った。情に訴えればなんとかなると思っているのだ。

「わたしにやり直すチャンスをちょうだい。冬真を必ず幸せにするから……。今のカレの協力があれば大丈夫だから」

泣き落としにかかる彼女に対して、どういうふうに話を持っていこうか迷っていると、いきなりリビングの扉が開き、菜月の声が響いた。

「ダメよ！　この人は冬真のことなんて何も考えてないんだから！」

冬真は部屋で遊んでいるのか、菜月だけがそこにいた。どうやらこっそり立ち聞きしていたようだった。


菜月は冬真を宥めていたが、膝の上に乗せて、絵本を読んでいるうちに安心したようで、一人で遊び始めた。

少しだけお客さんと話してくると言って、リビングの扉のところまで来たが、自分が話し合いに参加していいかどうか判らなかったので、ずっと立ち聞きしていた。

弓絵は遼司の説得にも耳を貸さず、自分の私利私欲のために冬真を利用しようとしている。

反省したとか、やり直すとか言っているが、絶対にそんなことはないと思う。

遼司が情にほだされてしまうのではないかと心配になり、つい扉を開けて口を挟《はさ》んでしまった。

弓絵はキッとこちらを睨みつけた。

「あなたは関係ないでしょ？」

「関係あるわ！　わたしはずっと冬真くんの母親代わりをしてきたの。冬真くんへの愛情はあなたに負けないと思うわ！」

菜月が力を込めてそう言ったのに、鼻でせせら笑われる。

「子供も産んだことないくせに、何が判るのよ」

「まだ産んでないけど、気持ちは母親よ。だから、冬真くんの心を壊してしまうのが判っているのに、あなたに連れていかれるわけにはいかないの」

「あなたはなんにも判ってないわよ。実の母親が我が子を連れ戻しにきたのよ。冬真だって、あなたが邪魔しなけりゃ、わたしのところに来たいに決まってるじゃないの。母親と子供の絆があるのよ」

一瞬、そうなのかと不安になる。母親と子供の絆はやはり強いものなのかと。自分達は冬真を養子にしたいあまりに、その絆を否定しているのかと。

しかし、さっきの玄関での騒ぎを思い出して、我に返る。

「あなたは強引に腕を引っ張って、冬真くんを連れていこうとしたじゃない。我が子が痛がって泣いているんだから、母親なら手を離すはずよ。だいたい、腕に指の跡がついていたわ。どんなに強く握ったら、あんな跡がつくの？」

「それは……あなただって冬真を抱いたまま離さなかったじゃないの。冬真に愛情があると言っても、所詮、その程度だったんでしょう？」

「……冬真くんはわたしにしがみついて泣いていたのよ。それなのに、あなたに『はいどうぞ』って渡せるはずがない」

彼女はずっと行方が判らなかった。渡したら最後、冬真と会えなくなってしまうと思って、必死だったこともある。

「だって、渡してもらわなくちゃいけないのよ！　わたしの子なんだから、連れていくのは当然のことなのよ」

弓絵はかなり苛々しているようだった。結婚のための条件が、子供を連れていくことなのだ。自分が結婚したいから、どうしても冬真を連れていく必要があるというわけだ。

この人は放っておいたら、どんな手を使うか判らない……。

なんとしてでも、彼女を説得しなくちゃ。冷静になろう。落ち着いて、方法を考えよう。できることなら、強引な手は使いたくないから。

菜月は深呼吸をした。

「最初に冬真くんを見たとき、二歳じゃなくて、もっと小さい子に見えたわ。言葉も碌に喋らず、表情も乏しかった。いつも怯えていて警戒していて、なかなか笑ってくれなくて。この子の心を開くためにはどうしたらいいだろうって考えたわ」

「あなたは遼司と結婚したっていうけど、冬真の世話係として雇われたようなものなのよ。それとも、家政婦代わり？」

弓絵は菜月を傷つけようと、棘《とげ》のある言葉を投げてくる。遼司はムッとしたように口を挟んできた。

「僕は菜月をそんなふうに考えたことはない」

「口ではなんとでも言えるものよ。だいたい、菜月さんのほうは遼司のお金目当てなんでしょ？」

確かにそんなふうに思う人はいるだろう。それは覚悟していたし、いくら否定したとしても、それが証明されるにはかなりの年月が必要に違いない。

「……そうね、弓絵さん。口ではなんとでも言えるものよね」

菜月が静かに肯定したので、遼司は驚いているようだった。弓絵はニヤリと笑って頷いた。

「なんだ。案外、素直じゃないの」

「でも、この場合、弓絵さんにも当てはまると思うわ。弓絵さんがいくら口では、冬真のことを考えているように言っても、行動はまるで伴ってない。冬真のことを少しでも大切に想う気持ちがあったなら、今まで連絡のひとつくらい入れることができたはず。ここに来ても、冬真に話しかけることもなく、お酒を飲み始めたじゃない。すべて行動に表れているのよ。どんなに反省を口にしても、あなたはまた同じことを繰り返すと思われても仕方がないわ」

菜月は今まで他人を糾弾《きゅうだん》したことがなかった。すべての物事は白か黒、善か悪、どちらかひとつに決められないものだと思っていたからだ。

白と思っていても、違う面から見れば黒のこともある。そして、自分自身も正しいと思っていたことだったのに、間違っていたことがある。

だから、神でもない自分が誰かを裁く権利はないと思っていた。シングルマザーの弓絵も最初から冬真を邪険にしていたわけではないかもしれない。子育ては難しいものだから、生活していくうちに、冬真を自分の足枷《あしかせ》のように思う気持ちのほうが強くなったのかもしれなかった。

情状酌量《じょうじょうしゃくりょう》の余地がまったくないわけでもない。真実はどうなのか、判らないから。

それでも……。

菜月は冬真のためになることを選択したくて、あえて弓絵にきつい言葉を浴びせかけた。

「あなたが百パーセントいい親になるという確証が得られない限り、わたしも遼司さんも冬真くんをあなたに返すことはないわ」

そう言い切った後、少し不安になって遼司の顔を見た。遼司がそう思っていなかったらどうしようと思ったのだ。そうしたら、彼は小さく頷いてくれた。

「百パーセント確証を得させろなんて言われたって……無理でしょ。というか、冬真がわたしについていきたがったらいいんじゃない？」

この期に及んで、冬真が彼女についていきたがると思っているのか。さっきだって、あんなに泣いていたというのに。

でも、親子の絆はわたしが思うよりずっと強いものなのかもしれない……。

菜月はふと不安を感じた。さっきは突然だったから驚いただけで、落ち着いているときなら、母親のことを思い出して、一緒にいたがることも考えられる。

そのとき、冬真のか細い声が聞こえてきた。

「おねーちゃん……おなか、すいた」

そういえば、とっくに夕食の時間は過ぎている。一人で遊ぶのに飽きたのか、それとも一人でいることが淋しくなったのか、冬真はリビングの扉に隠れるようにして顔を出していた。

その顔つきから弓絵を警戒しているのは、菜月にはすぐに判った。しかし、弓絵は冬真の機嫌を取ろうと、満面に笑みを浮かべて歩み寄っていく。

「冬真、ママよ。お菓子あげるから……ほら、おいしそうでしょ」

バッグの中からチョコレート菓子を取り出して、冬真に差し出した。冬真は強張った顔のまま、そのお菓子を凝視《ぎょうし》した。

「いいのよ、食べて。冬真はママの子供でしょ？　ママの言うことを聞くよね？」

更にお菓子を突き出されて、冬真はパニックに陥《おちい》ったように手で振り払う。お菓子は吹っ飛んで床に落ちた。

「なんてことするのよ！」

カッとなった弓絵は手を振り上げた。遼司はその手を止める。

「姉さんこそ、こんな小さな子供に何するつもりなんだ！」

菜月は泣き始めた冬真を抱き上げて、弓絵から遠ざかった。冬真をこんな目に遭わせるつもりではなかったのだが、結果的に弓絵の本性がよく判った。

あんなことでカッとなって手を出すなら、育児は無理だ。図らずも、彼女は自分達の前でそれを証明してしまった。

「そんな……そんなつもりじゃなかったのよ……本当よ……」

力ない声で肩を落とした弓絵は、ひょっとしたら自分では今度こそ冬真を上手く育てられるつもりでいたのかもしれない。しかし、彼女は自分の衝動《しょうどう》を抑えられないのだ。

「菜月、少しでいいから、僕達だけにしてもらえないか？」

遼司の声に促されて、菜月は頷いた。

胸の中ではいろんな想いが渦巻いていたが、たぶん自分がここで何か言うべきではないことだけは判っていた。

後は遼司に任せよう。
それが一番いい選択だと思った。

第六章　これ以上ないほどの幸せ

菜月は冬真を宥めるためにキッチンへ行き、子供用のジュースと少量のおやつを持って、再び和室に連れていった。

冬真が落ち着いてから、ジュースを飲ませ、おやつを食べさせる。夕食前だが、仕方ない。これで少しは空腹も紛《まぎ》れるだろうし、気分転換にもなる。

しばらく絵本を読んでやっていると、玄関の扉が閉まる音が聞こえてきた。

そして、和室の扉が開き、遼司が顔を出す。少し疲れた顔をしていて、菜月は心配になった。

「……どうなったの？」

「それは後から話す。先に夕食にしよう」

「そうね……」

菜月は無理に笑顔を作った。

「あと少しでできるから、冬真くんをお願い」

遼司はふっと微笑み、菜月の頭をくしゃくしゃと撫でる。

「やっぱり君と結婚してよかったな」

「え？　どうして？」

「どんなときでも明るい顔を見せてくれる。一瞬で疲れが吹き飛ぶよ」

無理して明るく振る舞っただけなのに、褒められると照れてしまう。けれども、彼に褒められて、素直に嬉しかった。

「ありがとう」

「いや、僕が言いたい。菜月、本当にありがとう」

彼は妙にしんみりとした口調でそう言った。

菜月は料理の仕上げをして、手早く夕食をダイニングテーブルに並べた。遅い夕食だったが、冬真もかなりお腹が空いていたらしく、すべて平らげてしまった。

菜月は後片付けをして、遼司は冬真を風呂に入れて、寝かせてくれた。その後、菜月も風呂に入ったのだが、やはり遅い時間だから、今夜の冬真はあっという間に眠ってしまったらしい。いきなり母親が現れたこともあるし、疲れもあったのだろう。

菜月はパジャマ姿でリビングへ行くと、遼司はめずらしくワインを開けていた。彼はアルコールを飲まないわけではないが、あまり好きだというわけではないようだった。

「君も飲むかい？」

彼は菜月にもグラスを持ってきて、注いでくれた。菜月はお礼を言って、それを一口飲む。

くる。

菜月もアルコールはたまには飲むという程度で、久しぶりに飲んだためにすぐに頬が上気して
　彼はその様子を見て、温かく微笑んだ。

「いつもより色っぽく見える」

「……からかわないで」

　菜月はセクシーとは無縁だ。けれども、彼に色っぽいと言われると、少し嬉しい。

「それで……姉のことなんだが」

　遼司は話し合いの結末を語り始めた。

「姉は冬真を上手く養育できないことにも、ちょっとしたことに苛立つ自分にも嫌悪感を抱いていたようだ。育児から逃れられて幸せかと思いきや、気になって男と別れて帰国したものの、こちらに連絡する勇気も出ない。そうするうちに、冬真を養子にして結婚してやろうという男が現れた。姉は本気で裕福な男と結婚すれば、育児もなんとかなると思っていたらしい。ところが、冬真が言うことを聞かなかっただけで手を上げようとしてしまった……」

「お義姉さん、落ち込んでいたわね」

　自分がしようとしたことに愕然《がくぜん》としているように見えたから、あれこそが本心だったのだろう。本当は冬真を虐待したいわけではなかったのだ。

「姉にお金があればそれでいいと植えつけたのは母だ。姉が小さかった頃、母も同じようなこ

とをしていたらしい。僕は母にいつも無視されていたことを淋しく思っていたが、暴力を受けるよりはましだったんだろう。とにかく、姉は冬真を叩こうとしてしまったことで、子供と一緒にいることが怖くなったと言った。それで、一転して、冬真は僕に育ててほしいと……」

弓絵がやっと判ってくれたことは嬉しかったが、冬真のことを想う気持ちが本当はあったことを知ると、彼女にあんなふうにきつい言葉を投げつけなければよかったとも思う。

「……それでいいのかしら。いえ、冬真くんにとっては、それば一番いいことだって信じてる。わたしも全力で可愛がるし。ただ……」

これで本当にいいのかどうか、今になって気持ちが揺らぐ。

「僕も姉の本心を知って、心が揺らいだ。でも、大事なのは冬真だ。冬真は僕達の養子にすることで話はまとまった」

菜月は頷いた。

そう。冬真の幸せが最優先なのだ。

「姉にはカウンセリングを勧めておいた。もちろん引っ張って連れていくわけにはいかないから、通うかどうかは本人の気持ち次第だ。それから、姉とはこれからも連絡を取り合うつもりでいる。ひょっとしたら、これが後で問題に発展しないとも限らないが……そのときは菜月と冬真には迷惑をかけないようにする」

「迷惑なんて……。わたし達、夫婦なんだから、一心同体よ。何か悩みがあれば、絶対にわたしに話して。隠し事はなしにしてほしいの」

彼は菜月の顔を見て、ゆっくりと頷いた。

「ありがとう……」

「わたしね、遼司さんがお義姉さんに対して優しい気持ちを持っていることが嬉しい」

「優柔不断だと言われるかと思ったけど」

「ううん。わたしだって、遼司さんと同じ気持ちだった。確かに冬真くんを虐待していたお義姉さんのことは許せない。でも、冬真くんを叩こうとしていたことに呆然《ぼうぜん》とした顔を見たとき、我が子を愛する母親を見たような気がしたの。本当は良心や親心を持っている人なんだって。……そうよね。そうじゃなきゃ、いくらシッターに任せていたとしても、あんないい子には育たないわ」

上手くいかない子育てに対する苦しみもあるだろう。自分の感情がコントロールできないことにも苦しんでいる気がする。

問題の原因は根深いようだ。気の毒だけれども、それを解決するのは自分自身でしかない。そして、本当に幸せを掴みたいなら、お金や男性に頼らず、自分の足で歩かなければならないのだと思った。

「本当にそうだ。姉は責められるべき点がたくさんあるが、すべてを否定するのは間違っている」

「大丈夫。お義姉さんはきっと立ち直るわ。わたし達は冬真くんの親になって、楽しいこともそうじゃないことも、一緒に乗り越えていきましょう」

「そうだな。僕達はとうとう冬真の親になれるんだ。もう手離す心配をしなくていい」

その言葉に、今更ながら嬉しさが込み上げてきた。

何故だか急に涙が出てきて、菜月は慌てて指で拭き取る。遼司はそんな菜月を見て、柔らかな笑みを浮かべた。

「おめでとう。菜月は冬真のママになるね」

彼はワインのグラスを持ち、こちらに向けてきた。菜月もグラスを持ち、彼のグラスと触れ合わせる。

ガラスが触れ合う音がして、二人はワインに口をつけた。ワインの味が胸の奥で広がり、じんと沁みてくる。

「やだ。まだ涙が出てきちゃう」

「嬉し涙？」

「ううん。あまりに幸せだから……。幸せすぎて涙が出てくるの」

遼司は菜月の前髪を指で弄び、涙が溜まった瞳を優しい眼差しで見つめてくる。

「僕はどちらかというと、君を不幸にしてるんじゃないかと思っていたんだが」

「幸せよ……。あなたとこうして一緒にいられて、可愛い息子もできた。これ以上の幸せはないわ」

彼も目が潤んでいるのが判る。そのまま涙が乾かぬ頬にキスをされた。

「これ以上の幸せはあるよ。君をもっともっと幸せにしたい」

「うん……」

何か言いたかったけれど、言葉が続かない。涙が溢れてきて、思わず彼に抱きついた。幼子のように彼の力強い腕に抱き締められて、温もりを感じる。冬真の気持ちが少しだけ判ったような気がした。

彼の腕の中にいれば、何があっても安心だ。

わたしは守られているから……。

これほど家族を大事にしてくれる人と結婚できて、なんて幸運なんだろう。どんなことが起こっても、彼と一緒にいれば安全でいられる。

顔を上げると、遼司が一心に見つめてきた。

胸が熱くなって、菜月はまた言葉を失った。彼はクスッと笑う。

「もう泣かないで」

彼は囁くように言うと、唇を重ねてきた。

舌を絡められて、菜月もそれに応える。キスはいつでもしているけれど、今日は感動で胸がいっぱいだから、余計に気持ちがこもるのだ。

きっと彼も同じかもしれない。いつもよりずっと情熱的に唇を貪っている。キスだけで、脚の間が熱くなってくるのを感じた。

唇が離れると、彼はワインを口に含んで、またキスをしてきた。ワインが流れてきて、胸の奥まで沁みてくる。

わたし、このワインの味を一生忘れない。

少し大げさかもしれないが、そう思ってしまった。

それほど今夜は記念になる夜なのだ。入籍はしたけれど、本物の家族としてスタートが切れていない気がしていた。叶えられていない願いがあったからだ。

その願いが現実となり、二人は今から本当の夫婦として、家族として歩んでいくことになる。

「菜月……」

彼の目を見て頷く。何も言わなくても、想いは通じるのだ。

菜月は遼司に抱き上げられ、寝室に連れていかれた。

パジャマを脱がされると、可愛い下着が現れた。遼司もパジャマを脱ぎ、菜月の身体を愛おしげに撫でていく。

「君の下着はいつも可愛いな」

ブラについているレースを弄りながら、彼は囁いた。

「可愛いのが好きなの」

「僕も好きだな。下着も……その中身も。君のこと全部が可愛くてならない……」

殺し文句のようなことを耳元で囁かれ、菜月はビクンと身体を震わせる。

「あ……んっ……」

彼はブラの上部から指を差し込んできた。乳首を探り当てられ、丸く円を描くように弄られる。菜月は熱い吐息をついた。

体温が徐々に上がっていくようだった。身体の内部がカッと熱くなり、それが全身に広がっていく。脚の間はすぐに潤ってきて、早く触れてほしくて仕方なかった。

もう彼に愛撫される悦《よろこ》びを知ってしまったから……。

もちろん彼と抱擁するだけでも嬉しいのだが、身体はもっと快感を求めている。菜月はいつの間にか身体をくねらせていて、彼に腰を擦りつけるような動きをしていた。

すると、彼もまた自分の腰を擦りつけてくる。硬く勃ち上がっているものの感触があり、菜月は思わずそこに触れていた。

「いいよ。触っていて」

彼はそのまま菜月の横に寝転び、互いに向き合う格好になる。そして、菜月に自分の股間に触れさせて、自分は菜月のショーツの中に手を差し入れてきた。

触りっこというわけだ。こんなことをするのは初めてで、菜月の頬は火照ってきた。

恥ずかしい……というのは今更だと判っている。しかし、新しいことを経験をする度に、菜月は必ず羞恥心を覚えるのだ。

「あっ……ぁっ……」

いきなり一番敏感な芽を指先で弄られ、身体が大きく震える。菜月も彼のボクサーショーツの中に手を入れて、彼の大事なものに指を絡めた。

わたしだって、遼司さんをもっと感じさせたいんだから……。

いつも菜月は彼の愛撫に我を失っていた。感じすぎて、泣いてしまったこともあったくらいだ。身体が自分のものでなくなったように、コントロールもできなくなるのだ。

遼司に言わせると、菜月が感極まるところが可愛くてならないらしいが、やはりそこまで感じる自分を見られるのが恥ずかしかった。

彼にすべてを捧げている菜月だが、自分だけが過剰に感じているのが嫌だった。できることなら、彼にも同じように感じ入ってほしい。強烈な快感で我を忘れる彼を、一度でもいいから見てみたかった。

そんなの、無理なのかな。

菜月は彼の股間のものに指を絡めて、根元から扱《しご》いていく。そうすると、どんどん硬くなってくる。彼が感じてくれているのだと思うと、嬉しかった。

どちらかというと、ぎこちない自分の愛撫に反応してくれているなんて……。

気がつくと、二人とも互いを愛撫しながら、口づけを交わしていた。気持ちが盛り上がってきて、身体もいつもより敏感になっているようにも思える。

遼司が囁いてくる。

「口で……してくれないか？」

そんなことを訊かれて、菜月はそっと頷いた。したことはないが、一度してみたいと思っていた。彼のものを思いつく限り愛撫してみたいと。

遼司が下着を脱いでくれたので、自分も脱いでしまう。身体が火照って仕方なかったからだ。

彼の指示どおり、さっきとは逆向きになった。そして、硬くなっている股間におずおずと触れ、そこにキスをしてみる。

触れば触るほど、キスをすればするほど、それが愛おしく感じてくる。彼がいつも丁寧《ていねい》に愛撫してくれるのは、きっとこんな気持ちになるからなのだろう。

やがて菜月は先端に舌を這わせた。彼の反応から、ここが感じるところのように思う。舌でつついてみると、やはり反応が返ってくる。菜月のように大げさに身体を震わせるわけではないが、なんとなく感じ取れるものがあった。

わたしがこんなことをしているなんて……。

彼と出会うまでは想像もできなかった。

勃ち上がっているものを口に含み、更に舌を絡めてみる。

彼が菜月を愛撫する以上に、濃い愛撫をしたい。そうして、もっともっと感じてもらいたい。

菜月ほどではなくても、彼が乱れてしまうくらいに。

平等に、というわけではないが、いつも自分だけが感じていて、得をしているようで申し訳ない気持ちがある。彼にも菜月の快感をお裾分けしてあげたいのだ。

だから、菜月は念入りに愛撫していく。

その間にも彼は菜月の脚を撫でてくれていた。だが、そのうちに内腿を撫でられ、秘部にも指を這わされる。

「んんっ……んん……っ」

菜月の腰が動く。だが、彼はがっしりと菜月が逃げないように腰を抱いた。

秘裂の中に指が差し込まれて、菜月は彼を愛撫するどころではなくなっていく。気がつくと、菜月は唇を離していた。

頭では愛撫を続けなくてはと思うのだが、身体が言うことを聞かない。自分の快感だけに集中してしまい、どうすることもできなくなってしまう。

腰が震える。身体の内部まで熱くなる。秘部からは蜜が次から次へと溢れ出してくる。

ああ、わたし……。

もう自分を止められない。

大きく脚を広げられ、内壁を指でかき回されながら、敏感な部分を舌で舐められる。弄られているところが甘く痺れていて、菜月はもっと大きな快感を欲していた。

「や……やぁっ……ん」

「何が……嫌？」

「も、もっと……もっと欲しいの……っ」

菜月は身体をくねらせながら哀願した。

「どんなふうにしてほしい？」

「あ……お、奥まで……」

菜月は彼が深く入ってくるところを想像する。指では到底足りなかった。もっと奥まで刺激されたなら、強い快感が得られるに違いない。

「お願い……ぁ……んっ」

遼司は指を引き抜き、避妊具をつけた。

そして、菜月をシーツに押しつけるように両膝を押し広げる。何もかも彼に身を委ねているからこそ、できるポーズだった。

彼は更にぐいと腰が高く上がるほど膝を曲げると、上から貫いてきた。

「あぁっ……！」

こんな感覚は初めてだった。本当に奥まで彼のものが入っているのが判る。深々と貫かれて、菜月は息もつけないほどの衝撃を覚える。

菜月が奥まで入ってほしいと言ったから、こうしてくれたのだ。

遼司は腰を引き、それからまた深く挿入していく。最初は衝撃を覚えただけだったが、何度も貫かれると、徐々に自分の奥のほうから甘い快感が広がっていった。

「あぁん……んっ……はぁぁ……あん」

菜月の口からはひっきりなしに甘い喘ぎが洩れていく。その声が恥ずかしいと思う余裕すらなくなっていた。

身体中が熱くてたまらない。

もう……ダメ。

限界だから。

菜月が目で訴えると、彼は一旦、己の猛ったものを引き抜いた。そうして、改めて菜月の腰を引き寄せ、貫いた。しかし、それで終わらず、今度は菜月の身体を抱き上げ、自分の膝に乗せる。

菜月は彼の首に腕を絡めて、熱い身体を密着させた。互いの体温が心地よく感じる。このまま溶け合ってしまいたいほど気持ちいい。

「腰を上げて。動いてみて」

彼の指示どおりに、菜月は自ら動いてみた。

腰を上げると、内壁が擦られていくのが感じられ、下ろすと、深く突き刺さる。もちろん感じやすい奥まで入っていった。

それを繰り返していくと、頭の中まで熱くなり、ボンヤリしてくる。もう夢中で彼にしがみつきながら、自分で腰を上下させていた。

気持ちよすぎて、腰を中心にして下半身の感覚がおかしくなっている。

「菜月……」

遼司は菜月をシーツの上に下ろして、きつく抱き締めてきた。菜月もまた彼を強く抱き返す。

彼はわたしのもの……。

もちろん、わたしも彼のもの。

菜月にとって、今や彼は自分の半身そのものだった。彼がいなければ生きていけない。

遼司が速いスピードで動いていく。また新たな快感が湧き起こってきて、菜月は半分朦朧《もうろう》としていた。

気持ちよすぎるから……。

こんなにも感じさせてくれるのは彼だけ。

遼司の息が荒い。もちろん菜月の呼吸も激しかった。

鋭い快感が身体の奥からせり上がってきて、その瞬間、彼は深くぐっと腰を押しつけてきた。

「あぁぁぁっ……んんん！」

菜月は彼を強く抱き締めながら、高く昇りつめる。

彼もまたしっかりと菜月を抱き締めていた。そのまま快感の余韻に浸っていたかったが、彼は身体を離した。

二人はまた横向きに向かい合いながら、手足を絡める。そして、しばらく火照った身体が冷えるまで息を整えた。

ようやく鼓動の速さも元どおりになり、改めて遼司の顔を見つめる。

彼の汗ばんだ額にかかっている乱れた前髪をかき上げた。すると、彼はにっこりと笑う。

「君はどんなときでも可愛いな」

「どんなときでもって……。いつも褒めすぎよ」

「いくら褒めても褒め足りないくらいだ。君と結婚できた僕は、前世でどんないいことをしたんだろうと思うよ」

菜月はクスッと笑った。その表現がおかしかったからだ。

「それなら、わたしのほうが前世でかなりいいことをしたんだって思うわ。本当に……遼司さんと出会えて、恋人になれて、結婚できて……幸せ」

彼の眼差しが柔らかくなった。

菜月は彼のこんな表情が好きだった。こんなふうに見つめられると、胸の奥が温かくなってくる。

「菜月……愛してるよ」

彼が少し照れながら囁いた。

彼の愛情はずっと感じていた。けれども、口でそう言われたのは初めてだった。たぶん、彼は初めて女性に愛を告白したのではないかと思う。

「嬉しい……」

彼が今までどれだけの人と付き合ってきたのか知らない。けれども、彼が愛を口にした相手は、きっとわたしだけ……。

「愛してる……遼司さん」

菜月が掠れた声で囁くと、彼は菜月の頬を撫でて、唇を寄せてきた。

なんて幸せなの……。

わたしの願いは何もかも叶った。

胸が感動で熱くなってきて……。

二人はキスをしながら、いつの間にかしっかりと抱き合っていた。

それから半年後のこと。

ラグジュアリーホテルのチャペルで、菜月は純白のウェディングドレスに身を包み、光沢のあるグレーのモーニングを着ている遼司と愛を誓った。

ここは理佳の結婚式の会場と同じホテルだ。

　すでに二人の養子となっている冬真は一番前の席で、菜月の両親と共に座っている。弓絵も出席しているが、事情を親戚全員が知っているため、少し肩身が狭いようだ。それでも勇気を出して出席してくれたことは、本当に喜ばしいことだった。彼女は今、自分の道を歩みつつあった。

「花嫁にキスを」

　そう促されて、二人は向かい合う。

　入籍は済ませているし、一緒に住んでいて、おまけに子供までいる。それでも、こうしてみんなの前で式を挙げることに対しては、厳粛な気持ちになってくる。同時に、身が引き締まる想いがした。

　わたし達、これからもっと幸せになるのよ……。

　遼司は菜月の肩を引き寄せて、軽く唇を合わせた。

　やがて花弁が舞う中、腕を組んでバージンロードを歩いていく。みんなが拍手をしてくれて、祝福されていることの幸せに酔った。

　ブーケトスの時間になり、ブーケを受け取りたい女性達は前に進み出てきた。

　不意に、菜月は遼司との出会いを思い出す。思わず彼の顔を見ると、同じことを考えていることが判った。

　あのとき……。

この場所で。

もし菜月が慣れないハイヒールを履いていなかったら。

花嫁の理佳が遠くの菜月のほうにブーケを投げなかったら。

近くにいた結衣が急にブーケが欲しくなり、突進してこなかったら。

菜月の後ろに遼司がいなかったら。

彼が抱き留めてくれなかったら。

いくつもの偶然が重なり、二人は出会った。これはもう運命だったに違いない。彼と出会い、そして彼の甥である冬真とも出会う運命だったのだと。

冬真は離れたところにいて、今は理佳が抱っこしていた。もう抱っこするにはかなりの力がいる。それだけ成長したということだろう。

弓絵はその冬真を遠くから見つめていた。

今は傍に行くのが怖いらしい。また自分が何かするのではないかと恐れているという。けれども、いつかは弓絵の気持ちも落ち着き、普通に冬真と向き合うときが来るのではないかと思っている。

今回も結衣がブーケを受け取ろうと張り切っている。彼女は今、付き合っている男性がいて、早く結婚したいと思っているのだ。

菜月はみんなに背を向けた。

どうかみんなが幸せになれますように。

ブーケを後ろ向きに投げると、歓声が上がる。

菜月は振り向きながら、結衣がブーケを手にしているところを確認した。遼司と目を合わせ、笑い合う。

彼は菜月の肩を抱き寄せて、そっと囁いた。

「愛してるよ」

その微笑みは優しすぎて……。

なんだか涙が出そう。

「わたしも……愛してる」

理佳が二人のところに冬真を連れてきた。

遼司は冬真を抱き取り、笑みを浮かべる。

「冬真はいい子にしてたな」

「うん。あのね……パパ」

「ん？　何？」

冬真はくしゃっと笑った。

「パパ、ママ、おめでとう！」

その瞬間、菜月は泣きそうになったが、懸命に堪《こら》えて微笑んだ。

「ありがとう、冬真」

ママと呼ばれる幸せを噛み締める。

遼司と菜月、冬真の三人家族。

そして、これから家族が増えるだろう。何人増えたとしても、冬真は我が家の長男で、いつまでも可愛い息子だ。

これからもずっと……。

菜月は人生最高の幸せを感じていた。

あとがき

こんにちは、水島忍です。

今回の「激甘ＣＥＯと子育てロマンスはじめました！」、いかがでしたでしょうか。

作家デビューして二十四年、今まで出版、または書き下ろし配信された作品数は二百三十以上になると思いますが、今回ほど甘々な物語を書いたのは初めてです。

出会いから、ヒロイン菜月とヒーロー遼司の双方が互いを意識しまくり。早い段階ですごく真面目に恋愛しているんですよね。遼司の甥、冬真の登場で波乱もありますが、それでも二人は離れられない運命にあったみたいです。

あ、ネタバレが嫌な方は、本編を読んだ後に読んでくださいね。

最初の出会いですが、遼司は菜月の後ろ姿と髪の香りにドキッとして、話しかける機会を窺い、更に彼女が自分の腕に飛び込んできたときに運命を感じています。しかも、菜月に恋人がいないと判った途端、めっちゃ積極的です。

それに比べると、菜月のほうが少し奥手な感じですよね。遼司のことが素敵に見えれば見えるほど、自分とは釣り合わないのではと考えてみたり。今まで男性と付き合ったことがないからこそ、つい浮かれてしまう自分を戒《いまし》めてみたり。

本当に真面目カップルです。ものすごく激しい情愛というわけではないけれど、大人として落ち着いた付き合いをしつつ、心は純愛なんですよ。えへへ。うーん、なんかいいですよね。

遼司は冬真のことで菜月に負担をかけまいと、嘘をついて別れを選択しました。でも、あまりに愛していたから、別れがつらくて、なかなか嘘がつけない。今まで私が書いたヒーローで、こんな人はあまりいなかったように思います。嘘をついたのに、本音がダダ洩れ。でも、それも愛ゆえなのです。そして、真面目な人だから。

菜月は彼の嘘に気づいて、自分の想いを伝えます。遼司もその想いに真摯《しんし》に応えてくれて……いや〜、いいカップルだなあって本当に思います。

菜月は冬真を可哀想に思いながらも、ちゃんと愛せるだろうかと不安に思います。自分の子でない子を育てるとき、誰しもが考えることです。私にはそんな経験はありませんが、もし育てるとしたら、後戻りはできないと覚悟しなくてはなりません。

犬や猫でも飼うときは責任がありますが、もし何か不測の事態が起こったら、最悪、誰か代わりに飼ってくれる人を見つければいい（それも可哀想で胸が痛むけど、最悪の場合の話です）。でも、人間はそうはいかないです。

自分の子供が生まれる可能性があるなら尚更ですよね。自分の子と同様に接することができるのか。衣食住の面倒を見るだけではなく、自分の子と同様に愛せるのか。

愛がないと、どんなにごまかしても相手に伝わると思います。そして、相手も自分もとてもつらい気持ちになります。

だからこそ、菜月も最初は迷ったし、不安に思いました。しかも、冬真を愛して育てることができたとしても、途中で彼の母親に引き取られる可能性がある。それでも、菜月は遼司のために、冬真も自分の中に受け入れる選択をしたんです。

遼司も菜月の幸せのためには別れたほうがいいと思いつつ、本心では別れたくなかったので、菜月の選択を受け入れます。彼女は冬真を可愛がってくれるだろうという信頼があったこともあります。

慣れない子育てをしながらも、二人はすごく真面目に互いのことを想い合っていますね。可愛い新婚さんですが、冬真のことも決して疎外することはないです。冬真を中心にして、二人の関係がより深まってきたという感じでしょうか。

遼司の姉の弓絵さんのこと……最初は『虐待した上に育児放棄して、男と金に走る悪女』として描こうとしていました。でも、芯からそうだったとしたら、冬真はあんないい子には育たないと思うんです。どこかに愛情があったと信じたい。

子供への接し方が判らないとか、育児に向いていない性格だとか……。そういう人もいると思います。彼女の母親もあまりいい育児をしていたとは言えないようだし、その母親も亡くなっていて、親族とも親しくしていない。友人もあまりいなかったとしたら、シッターや保育園に預けていても、ストレスが相当あったのではないかな、と。

ておきたかったんです。彼女自身も幸せ探しの真っ最中で、年齢のわりに幼い考えを持っていましたし、やはりシングルマザーとして頑張って生きていけない人だったんだと思います。
虐待や育児放棄はもちろん責められるべきではあるんですけど、私はほんの少し救いを残し

我が子を育てられなくて養子に出すのは、心の傷になります。でも、冬真の幸せが優先されるべきですからね。冬真が元気いっぱいに育っているのを見て、弓絵さんもこれでよかったんだと思ってくれたらいいな。

ラストで菜月が投げたブーケで、今度は結衣さんが幸せになれるんでしょうか。何気に、最初のブーケトスのシーンで、理佳のコントロールが悪かった（？）ことに「グッジョブ」ですよね。ここから幸せが生まれたわけだから。

さて、今回のイラストは氷堂れん先生です。今まで何度かお世話になったことがある氷堂先生ですが、今回もまた美麗イラストで、満足の溜息つきまくりです！　ラブラブな二人に、冬真だけがキョトンとしてカメラ目線という……。なんてなんて可愛らしい～！

氷堂先生、甘々カップルと可愛い冬真くんをどうもありがとうございました。

そして、皆様、今回の話をたっぷり堪能してくださると嬉しいです。それではまた。

水島 忍

激甘ＣＥＯと子育てロマンスはじめました！　キャラクターデザイン：氷堂れん

可愛い双子とママは
スパダリ社長に愛されて幸せです
Novel 水島 忍
Illustration すがはらりゅう
結婚したい。
君達と家族になりたい
大野栞里は都内のホテルでかつての恋人、高宮正毅と再会する。彼こそが栞里が密かに産み育てている双子の父親だった。気まずく別れたはずなのに、正毅は屈託なく話し誘惑してくる。今でも彼を好きな栞理は流されるまま抱かれてしまう。「こんなに感じやすくなっていたなんて」翌朝、我に返り、逃げるように部屋をあとにした栞里。けれど正毅は彼女を追ってきたばかりか、自分の子どもと知らないまま双子にも優しく接してきて!?
好評発売中！

ダーリンは
愛を知らない堅《かた》物《ぶつ》社長
Novel 水島 忍
Illustration 七里 慧
君の困っている顔が
可愛くてたまらない
母子家庭で育った吉崎愛華は母の死後、実父の許を訪ねるも応対した杵築孝介に愛人と間違われ追い払われそうになる。彼は父の再婚相手の連れ子だった。誤解が解け、父の家で同居を始めた彼女は思いがけず歓迎される。孝介とも和解し、愛華は彼とデートすることに。「そんなに恥ずかしがらなくてもいいのに」凛々しい彼に甘く愛され急速に恋に落ちる愛華。求婚され幸せな日々だが、彼の行動は愛華を手放したくない父の指示だと知り!?
好評発売中！

イケメン社長は
再会した
ママと息子を
めっちゃ溺愛中
Novel 水島 忍
Illustration 天路ゆうつづ
今はどうだろう？
今も僕を愛してる？
立石瑠佳は偶然テレビに自分と息子の大輝の顔が映ったことに気付き、不安になる。大輝は大会社の社長である父親、三上尚輝とそっくりだからだ。案の定、尚輝は瑠佳を捜しだし子供のために結婚しようと言う。瑠佳が彼から離れた理由を誤解したままの彼との結婚にためらう彼女だが、子供を思い承知する。「君からもっと愛撫してほしいんだ」久しぶりに身体を合わせ愛を確認する二人。しかし尚輝の父が瑠佳との結婚に難色を示して!?
好評発売中！

エリート社長はシンデレラなママと娘に夢中です♡
Novel 水島 忍
Illustration なま
誓うよ。子どもと君を幸せにすると
幸那が娘の真幸の誕生日を祝っていた時、昔の恋人の深瀬真人が訪ねてきた。彼は真幸の父親だった。かつて一方的に別れを告げられた幸那は、真幸のＤＮＡ鑑定をした上でプロポーズしてくる真人に複雑な思いを抱くが、娘の将来を考えて受け入れることに。「誓うよ。真幸と君を幸せにすると」親身に真幸の世話をし、自分にも優しく接する彼を信じていいのか悩む幸那。だが、疎遠になっていた姉が最近まで真人と付き合っていたと聞き!?
好評発売中！

ご主人様、
それはセクハラです！
危険な御曹司と
溺愛24時♥
Novel 森本あき
Illustration 弓槻みあ
触りたいように
誘惑してみろ
ジャーナリストを目指す一花はスクープを狙い、黒い噂のある九条家にメイドとして潜入することに。九条家の御曹司、朝陽に肌が見える際どいメイド服を着るように強制され、我慢して従う一花。だが色気がないと言われムキになり、絵のモデルや色っぽい展開の映画の真似をして流されるまま抱かれてしまう。「おまえでもそんなにかわいい悲鳴を出すんだな」自由奔放で個性的な考えの九条の魅力に、一花はいつしか惹かれてしまい…!?
好評発売中！

副社長サマの
お堅い秘書は
お気に
ミダラに愛され
召すまま
Novel 七福さゆり
Illustration 緒笠原くえん
もっと幸せにしてやるから、
覚悟しておけよ
化粧品会社で秘書を務める一花は、同僚から「鉄仮面」と陰口を言われているが、直接の上司である副社長、神楽坂湊は真面目な彼女を信頼してしきりに口説いてくる。湊に惹かれつつも女性関係が派手な彼の言葉を本気にできない一花。だが不仲な母親の身勝手な再婚のショックでたがが外れ、酒に酔い湊と一夜を共にすることに。「可愛い声だな。もっと聞かせろよ」恋しい彼に優しく情熱的に抱かれ、翌日からも熱心に迫られてしまい…!?
好評発売中！

イケメン
石油王の溺愛
シークにプロポーズされても困ります
Novel あかし瑞穂
Illustration 蔦森えん
君の夜を独占したい
王族社長×地味なOL
人材派遣会社に務める山田花子は、得意先の関係者で美貌のシーク、ファルークに毎日のように口説かれ迷惑していた。飲み比べで自分が勝ったら、ちょっかいを出さないという約束で彼と勝負をした花子は、完敗し彼に抱かれてしまう。「ハナコの肌は甘いな。ずっと舐めていられそうだ」優しく抱かれ、知らず彼に惹かれていたことに気付き動揺する花子。ファルークに一度抱かれれば、興味をなくされると思ったのに、さらに溺愛され!?
好評発売中！

ガブリエラ文庫プラス
gabriella plus

MGP-058

激甘CEOと子育てロマンスはじめました！

2020年7月15日　第1刷発行

著　者　水島 忍　
装　画　氷堂れん

発行人　日向 晶

発　行　株式会社メディアソフト
〒110-0016　東京都台東区台東4-27-5
tel.03-5688-7559　fax.03-5688-3512
http://www.media-soft.biz/

発　売　株式会社三交社
〒110-0016　東京都台東区台東4-20-9　大仙柴田ビル2F
tel.03-5826-4424　fax.03-5826-4425
http://www.sanko-sha.com/

印刷所　中央精版印刷株式会社

水島忍先生・氷堂れん先生へのファンレターはこちらへ
〒110-0016　東京都台東区台東4-27-5 (株)メディアソフト
ガブリエラ文庫プラス編集部気付 水島忍先生・氷堂れん先生宛

ISBN　978-4-8155-2053-3　Printed in JAPAN